사진 작가 김용호

'소박하고, 진실하고, 단순해서 아름다운 것들'을 사랑한 작가

박완서는 모진 삶이 안겨준 상흔을 글로 풀어내고자 작가의 길을 시작했지만, 그것에 머무르지 않았다. 누구나 한번쯤 겪어봤을 내면의 은밀한 갈등을 짚어내고, 중산층의 허위의식, 여성 평등 등의 사회문제를 특유의 신랄함으로 드러냈다.

그럼에도 결국 그의 글이 가리키는 방향은 희망과 사랑이었다. 그의 글은 삶을 정면으로 직시하여 아픔과 모순들을 외면하지 않으면서도, 기어코 따뜻한 인간성을 지켜내고야 만다. 오직 진실로 켜켜이 쌓아 올린 그의 작품 세계는, 치열하게 인간적이었던, 그래서 그리운 박완서의 삶을 대변하고 있다.

모래알만 한 진실이라도

모래알만 한 진실이라도

박완서 에세이

✳ ✦ ✳

세계사

프롤로그

따뜻한
사랑의
입김으로

어머니의 글은 분명 여러 번 읽었을 터인데도 볼 때마다 처음 보는 것처럼 새로운 발견을 하게 됩니다.

중학교 정도의 학력이라면 충분히 읽을 수 있는 쉬운 글이라고 했지만, 저에게는 그렇지 않았습니다. 친숙함보다는 긴장감이 느껴지면서 정신을 바짝 차려야 했습니다. 부끄럽고 숨기고 싶은 내면이 찔리는 것 같아 불편한 적도 있었습니다. 1970년부터 2010년까지 생전에 쓰신 660여 편의 에세이 중에서 추린 글들을 다시 살펴보면서 글쓴이의 마음을 헤아리게 되었습니다.

가족들에게 사랑의 입김을 불어넣어주려고 얼마나 애

썼는지, 세상이 올바른 방향으로 나아가기를 얼마나 간절히 바랐는지, 젊은이들이 밝고 자유롭게 미래를 펼쳐가기를 얼마나 기원했는지, 하찮은 것에서 길어 올린 빛나는 진실을 알려주려고 얼마나 고심했는지, 생의 기쁨과 아름다움에 얼마나 절절하게 마음이 벅찼는지.

그러면서도, 자신에게는 얼마나 정직하고 엄격했던지 그 담금질의 의미를 이제야 알 것 같습니다. 죽고 싶었던 두려운 마음을 고백하며 쓴 글에서 "오늘 살 줄만 알고 내일 죽을 줄 모르는 인간의 한계성이야말로 이 세상을 움직이는 원동력"이라는 대범한 목소리에 기운을 차립니다. 세상을 떠나신 지 10년이 되었지만 아직도 저의 "정수리를 지그시 눌러주는" 어머니를 느낄 수 있음에 감사드립니다.

어머니의 표현대로 거대한 공룡 같아 보이는 숲이 바람에 요동칩니다.

어머니가 마당에 심으신 키가 큰 만추국의 그윽한 향기가 그리움처럼 사무칩니다.

늦은 가을 아치울에서, 호원숙

Part

1

마음이 낸 길

친절한
사람과의
소통

　　　지난겨울은 추위도 유별났지만 큰 눈은 또 얼마나 자주 왔는지. 나는 도시보다 기온이 3~4도는 낮은 산골 마을에 살기 때문에 거의 한 달을 집에서 꼼짝 못 하고 갇혀 지내다시피 했다. 나는 눈 공포증이 있다. 어머니가 눈길에서 가볍게 넘어지신 줄 알았는데 엉치뼈가 크게 부서지는 중상이어서 말년의 5~6년을 집 안에만 계시다가 돌아가신 후부터이다.

　눈을 핑계로 외출을 삼가게 되니 책 볼 시간도 많아지고 밀린 원고 빚도 대강 갚을 수 있게 되어 오히려 다행이다 싶었지만 산에 못 가게 된 것은 여간 아쉽지가 않았다. 여러 가지 불편을 각오하면서까지 서울의 아파트를 벗어나 이 골짜기로 이사를 온 것은 순전히 산 때문이었다. 아차산은 등산을 즐기는 사람들이 도전하고 싶을 만큼 높지도 험하지도 않다. 서울을 둘러싼 기품 있고 웅장한 명산과 비교할 때 더욱 그렇다. 그러나 나는 첫눈에 들었으니 아마 그 산세가 내 나이에 버겁지 않아 보였기 때문일 터이다.

다음으로는 사람들한테 시달린 흔적 없이 청정해 보이는 것도 마음에 들었다. 어느 정도 만만하게 본 거였는데 사귀고 보니 그 안에 백제 산성과 근래에 발굴된 고구려의 보루성 터 등 적지 않은 유적지를 숨기고 있어 단지 훼손이 덜 된 자연 이상의 것, 백제 고구려인의 웅혼한 기상과 옹골찬 정신의 맥을 굽이굽이 품고 있는 것처럼 심상치 않아 보이는 것도 이 산을 더욱 사랑하게 된 까닭이 되리라.

능선에서 굽어보면 유유히 흐르는 한강이 마치 천연의 해자垓子처럼 보여 왜 백제와 고구려가 거기를 차지하고 요새를 구축하고 싶어 했는지 알 것 같다. 그러나 지금은 새해에 해맞이 능선으로 더 유명하고 그나마도 서울 쪽에서 많이 오지 구리 쪽에서 가는 사람은 많지 않다.

우리 마을에서 오르는 길도 너덧 갈래가 되지만 내가 개발한 길은 1년 내내 아무하고도 안 마주칠 정도로 사람들이 안 다니는 길이다. 딴 길은 가다 보면 약수터도 나오고 배드민턴장이나 암자도 나오는데 내가 다니는 길은 볼거리 없는 그냥 산길이다. 그 대신 하루도 같은 날이 없는 나무와 풀들, 새들과 다람쥐들을 눈여겨보게 된다. 사람들이 안 다니는 길은 꽃나무들이 온전하고 온갖 새들이 거침없이 지저귄다.

혼자 걷는 게 좋은 것은 걷는 기쁨을 내 다리하고 오붓하게 나눌 수 있기 때문이다. 내 다리를 나하고 분리시켜 아주 친한 남처럼 여기면서, 70년 동안 실어 나르고도 아직도 정정하게 내가 가고 싶은 데 데려다주고 마치 나무의 뿌리처럼 땅과 나를 연결시켜주는 다리에게 감사하는 마음은 늘 내 가슴을 울렁거리게 한다.

매일매일 가슴이 울렁거릴 수 있다는 건 얼마나 큰 축복인가. 그러나 산이 나를 받아주지 않으면 이런 복을 어찌 누릴까. 눈 온 산이 아니더라도 산에는 평지와 다른 위험이 늘 도사리고 있다. 그래서 오늘도 이 노구老軀를 받아주소서, 산에 기도를 드리게 되는 것도 울렁거림과 함께 차분한 경건을 맛볼 수 있는 기회이다.

하루는 산에서 열쇠를 잃어버렸다. 오르는 길에 땀이나서 재킷을 벗었는데 아마 그때 열쇠가 떨어진 듯했다. 집에 와서야 그 사실을 알았다. 워낙 문단속이 허술한 성격이라 현관문은 안 잠그고 대문만 잠갔는데 대문 또한 허술하여 밖에서 팔을 안으로 넣어 열 수 있게 되어 있어 집에 들어오는 데 지장은 없었다. 그래도 시간 걸리는 외출을 하려면 문단속을 안 할 수가 없겠기에 오던 길을 되짚어가서 찬찬히 살펴보았지만 못 찾았다. 그 후 며칠은 산에 갈 때마다 발밑만 보고 걸었지만 어디 꼭꼭 숨었는지 눈에 띄지 않았다. 자식들한테 준 스페어 열쇠를 회수해서 문단속을 제대로 하게 된 후 비로소 발밑을 살피는 일에서 해방이 되었다.

다시 한눈을 팔 수 있게 되었을 때 내 열쇠가 바로 길가 내 눈높이 나뭇가지에 걸려 있는 걸 발견했다. 누군가가 주워서 그렇게 눈에 잘 띄게 걸어놓았을 것이다. 그 산책 길은 나 혼자만의 길이 아니었던 것이다. 그 길은 내가 낸 길도 아니었다. 본디부터 있던 오솔길이었으니 누군가가 낸 길이고 누군가가 현재도 다니고 있어서 그 길이 막히지 않고 온전한 것이다.

길은 사람의 다리가 낸 길이기도 하지만 누군가의 마음이 낸 길이기도 하다. 누군가 아주 친절한 사람들과 이 길을 공유하고 있고 소통하고 있다는 믿음 때문에 내가 그 길에서 느끼는 고독은 처절하지 않고 감미롭다.

유쾌한
오해

전동차 속에서였다. 아직도 한낮엔 무더위가 많이 남아 있었지만 3호선 전동차 안은 쾌적할 만큼 서늘했고 승객도 과히 붐비지가 않았다. 기술의 발달 때문인지, 경제성장 때문인지는 몰라도 1호선보다는 2호선이 더 쾌적하고 2호선보다는 3, 4호선이 더 쾌적한 걸 피부로 느낄 수가 있었다. 나는 늘 2호선을 이용하기 때문에 약간은 샘도 났다.

내 옆자리가 비자 그 앞에 서 있던 청년을 밀치고 뚱뚱한 중년 남자가 잽싸게 엉덩이를 들이밀었다. 넉넉하던 자리가 꽉 차면서 내 치맛자락이 그 밑에 깔렸다. 약간 멋을 부리고 나간 날이라 나도 눈살을 찌푸리면서 치맛자락을 끌어내리려고 했지만 그는 꼼짝도 안 했다. 여간 무신경한 남자가 아니었다.

나는 별수 없이 그 남자를 툭툭 치면서 내 치맛자락이 그의 엉덩이 밑에 깔린 걸 일러주었다. 그제야 몸을 조금 들썩했을 뿐 미안하단 말 한마디가 없었다.

그뿐이 아니었다. 워낙 몸이 뚱뚱해서 그랬겠지만 반소매 밑으로 드러난 끈끈한 팔로 양쪽 사람을 밀치는 듯한 그의 자세 때문에 여간 거북하고 불쾌하지가 않았다. 일어나버릴까도 싶었지만 갈 길은 아직도 많이 남아 있었고, 승객은 자꾸만 불어나고 있었다.

그가 큰 소리로 하품을 했다. 하품을 하려면 그냥 할 것이지, 호랑이가 우짖는 것처럼 '어흥!' 하고 크게 소리를 지르며 가락까지 붙이니까 졸던 사람까지 깜짝 놀라 휘둥그레진 눈으로 그를 바라보았다. 남이야 그러건 말건 그는 자기 집 안방에서처럼 거침도 없고 눈치도 없었다.

나는 그런 남자 옆에 앉아 있다는 불쾌감을 잊으려고 방금 탄 젊은 여자를 바라보고 있었다. 피부가 맑을 뿐

수수한 여자였는데, 아주 화려한 모자를 들고 있었다. 차양이 달린 하늘색 모자였는데, 차양 위에는 다시 금줄이 든 순백의 프릴이 달렸고 망사 베일까지 늘어진, 좀처럼 시중에서는 보기 힘든 환상적인 모자였다. 그 여자가 쓰기엔 너무 작았고 인형의 모자치고는 너무 크고 정교했다. 그 모자를 들고 있음으로써 그 여자는 독특한 분위기를 연출하고 있었으니, 어쩌면 모자가 아니라 액세서리인지도 몰랐다.

그때였다. 내 옆에 앉았던 그 무신경한 남자가 엉거주춤 일어서면서 모자를 든 여자에게 손짓을 했다. 그 여자에게 자리를 내주고 싶은 모양이었다. 그 남자도 그 여자가 보기 좋았던 듯했지만 그렇게 노골적으로 여자에게 아부를 하다니. 오십도 넘어 보이는 남자가 20대의 젊은 여자에게 자리를 내주는 모습은 암만해도 부자연스러워 보였고 흑심까지 있어 보이는데도 남자는 그 방면에도 여전히 무신경했다.

마땅히 사양할 줄 알았는데 여자는 고개만 까딱하고 얼른 자리에 앉았다. 그제야 나는 그 여자가 만삭의 몸임을 알았다. 나는 화려한 모자에만 정신이 팔려 그것도 모르고 있었다. 그뿐이 아니라 그 여자에겐 세 살쯤 되어 보이는 깜찍한 딸도 딸려 있었다.

자리에 앉은 여자는 딸을 끌어당겨 무릎에 앉혔다. 그 여자는 딸에게 그 모자를 씌우지 않고 여전히 들고만 있었지만, 그 환상적인 모자를 쓴 여아를 상상하는 건 뱃속이 간지럽도록 즐거운 일이었다.

더 즐거운 건 내가 여지껏 그 뚱뚱한 남자를 공연히 미워하고 오해한 게 풀려서였다. 그 남자가 뻔뻔하고 무신경하다는 건 순전히 나의 오해였다. 다시 한번 쳐다본 그 남자는 듬직하고도 근사해 보였고 매우 만족스러운 듯했다. 그도 그럴 것이, 자기 한 몸이 자리를 내줌으로써 세 식구를 앉힐 수가 있었으니 흐뭇할 수밖에.

이 세상 사람들이 다 나보다는 착해 보이는 날이 있다. 그날도 그런 날이었고, 그런 날은 살맛이 난다.

수많은
믿음의 교감

집집마다 친척들이 한자리에 모이는 일은 점점 줄어드는 대신 각자가 마음에 맞는 친구들하고 만나는 일은 점점 늘어나는 것 같다. 거북하고 의례적인 상하관계보다는 편하고 대등한 인간관계를 즐기고 싶은 건 당연한지도 모르지만 차츰 나이를 먹으니 사라져가는 게 아쉬울 때도 없지 않아 있다.

정초에 친정어머니께 세배 드리러 갔다가 참으로 오래간만에 대소가가 함께 한자리에 끼게 됐다. 그러나 세배가 끝나자 역시 젊은이는 젊은이끼리 큰 아이들은 큰 아이들끼리 어린이는 어린이들끼리 패가 갈라져 잡담도 하고, 화투놀이도 하고, 텔레비전도 보게 되었다. 그 중에서도 화투놀이 패가 가장 시끌시끌하고 활기에 넘 치더니 차츰 잡담 패거리가 그 활기를 앞질러 시끄러워 지기 시작했다. 무슨 얘기가 그렇게 재미있을까 싶어 슬 그머니 끼어들어봤더니 맨 봉변당한 얘기였다. 봉변도 지나가는 택시에 의해 새 옷에 흙탕물이 튀었다든가 하 는 정도의 고의성이 희박한 봉변이 아니라 믿는 도끼에 발 찍힌 식의 질 나쁜 봉변 얘기가 대부분이었다.

그런 얘기는 무궁무진했다. 남이 속은 얘기에 혀를 차면서 동시에 자기가 속은 얘기를 하고 싶어 입술부터 쫑긋대며 안달을 하기도 했다.

거액을 사기당한 얘기로부터 버스 칸에서 가방을 받 아준 고마운 아줌마에 의해 만년필을 소매치기당한 얘 기까지, 도시 고위층의 공약에 속은 얘기로부터 100원 짜리 상품의 용량에 속고, 바겐세일의 반값에 속은 얘기 까지 두루두루 속은 얘기들로 경합을 벌이다 보니 언성 이 높아지고 분위기는 활기를 띠었다. 그건 분명히 유쾌 한 화제가 못 되었을 텐데도 우린 어느 틈에 그걸 즐기 고 있었다. 미담보다는 악담에 더 정열적인 게 천박한 기질이라는 걸 돌볼 겨를도 없었다.

이때 언제부턴지 우리의 이야기판에 귀를 기울이고 계시던 팔십 노모께서 혼잣말처럼 한마디 하셨다.

"난 원 복도 많지. 이 나이에 그런 못된 사람들을 별로 못 겪어봤으니……."

어머니의 이런 말씀은 우리의 소리 높은 악담 속에서 아무런 흥미도 못 끌었다. 더구나 어머니는 세속적인 의미로 과히 복 좋은 노인도 못 됐다. 그러나 그런 말씀을 하실 때의 어머니가 기를 쓰고 악담을 하는 우리보다 훨씬 곱고 깨끗하고 행복해 보이시는 걸 나는 놓칠 수 없었다. 그리고 뒤늦게 슬그머니 입을 다물고 말았다.

내가 어머니로부터 그런 무안을 당하긴 그게 처음이 아니었다. 요새는 근력이 안 좋으셔서 못 다니시지만 재작년까지만 해도 절에 열심히 다니셔서 나도 가끔 모시고 가봤었는데 그때마다 절의 속악한 분위기라든가 스님과 신도들과의 상업적인 관계 등에 대해 나는 꽤 악랄한 비평을 했었다. 어머니는 이런 나를 이렇게 나무라셨다.

"원 뭐 눈엔 ×밖에 안 뵌다더니……, 넌 어째 그런 것밖에 못 보냐? 난 부처님 한 분 우러르기에 그저 감지덕

지하느라 그런 건 눈 귀에도 안 들어오더니만……."

보는 눈에 따라 이렇게 한 가지 사물, 동일한 현상도 정반대로 보이는 수는 부지기수다.

사람을 믿었다가 속았을 때처럼 억울한 적은 없고, 억울한 것처럼 고약한 느낌은 없기 때문에 누구든지 어떡하든지 그 억울한 느낌만은 되풀이해서 당하지 않으려든다. 다시 속기 싫어서 다시 속지 않는 방법의 하나로 만나는 모든 것을 일단 불신부터 하고 보는 방법은 매우 약은 삶의 방법 같지만 실은 가장 미련한 방법일 수도 있겠다.

믿었다가 속은 것도 배신당한 것에 해당하겠지만 못 믿었던 것이 실상은 믿을 만한 거였다는 것 역시 배신당한 것일 수밖에 없겠고 배신의 확률은 후자의 경우가 훨씬 높을 것이다.

우리 어머니가 팔십 평생을 회고하며 자신 있게 못된 사람 만난 일 없다고 술회할 수 있듯이 세상엔 믿을 만한 게 훨씬 더 많다. 우리가 믿음에 대해 쉬 잊고 배신을 오래 기억하며 타인에게 풍기지 못해 하는 것도 우리의 평범한 일상의 바탕이 결코 불신이 아니라 믿음이기 때문일 것이다.

　그날 귀갓길은 정월 초하룻날 내린 폭설이 조금도 녹지 않고 그대로 얼어붙어서 몹시 위태로웠다. 친정에서 우리 집까지는 같은 서울 시내건만 30킬로미터에 가까운 거리이다. 그런 거리를 늦은 밤 택시로 달리는, 아니 기는 기분은 실로 아슬아슬했다. 주행선은커녕 차도와 인도와의 구분도 없이 차 사이를 행인이, 행인 사이를 차들이 요령껏 엉금엉금 기고 있었다.

　아마 운전기사에 대한 신뢰감이 없었던들 나와 나의 식구들의 안전을 그 차에 그렇게 전적으로 맡길 수는 없었으리라. 그러나 그 택시 운전사가 전서부터 아는 사람일 리는 없었고, 믿을 만한가 아닌가를 알아보기 위해 관상이라도 봐뒀던 것도 아니다. 그냥 그가 믿음직스러웠다. 우리의 믿는 마음이 그와 교감해 그를 더욱 책임감 있게 했고 그런 교감에 의해 차 속의 분위기까지 훈훈하고 화목한 것이었다.

　내가 탄 택시의 운전기사에 대해서뿐이 아니었다. 차 사이를 조심스럽게 누비는 행인들, 앞뒤 옆으로 엇갈리는 딴 차들의 운전기사들에 대한 믿음 역시 없었더라도 그날 밤 집으로 돌아오는 일은 만용이었으리라. 그날 밤 일이 지금 생각해도 유쾌한 건 이런 광범위한 믿음의 교감의 추억 때문인 것 같다.

우리가 아직은 악보다는 선을 믿고, 우리를 싣고 가는 역사의 흐름이 결국은 옳은 방향으로 흐를 것을 믿을 수 있는 것도 이 세상 악을 한꺼번에 처치할 것 같은 소리 높은 목청이 있기 때문이 아니라, 소리 없는 수많은 사람들의 무의식적인 선, 무의식적인 믿음의 교감이 있기 때문이라고 나는 믿고 있다.

올겨울은 눈이 많을뿐더러 추위 역시 대단했다. 우리 집처럼 방이 여럿이고 방마다 연탄을 때는 집에선 매일 매일 배출해내는 연탄재만 해도 엄청나다. 만일 하루걸러 오는 청소부가 사흘이나 닷새쯤을 오지 않는다면 우리 동네는 연탄재에 묻히리라. 그러나 청소부 아저씨는 어김없이 온다. 아침 기온이 영하 15도가 넘는다는 관상대(기상청 소속 기관인 '기상대'의 옛 이름 – 편집자 주) 발표를 듣고 나서 아저씨의 손수레 바퀴가 언 땅을 덜커덕덜커덕 구르는 소리를 들을 때처럼 고맙고 안심스러울 때는 없다.

그러나 폭설이 내린 다음 날 나는 청소부 아저씨를 믿을 수가 없었다. 그도 그럴밖에, 우리 집은 지대가 높아 완만하게 경사진 비탈길은 동네 꼬마들에 의해 스키장으로 변해 있었다.

그 위험한 눈길을 뚫고 손수레를 끌고 연탄재를 수거하러 오길 바라는 건 지나친 욕심 같았다. 쌓이는 연탄재만큼의 우울과 근심이 내 가슴을 짓눌렀다.

그러나 그날 아침도 쓰레기통은 말끔히 비어 있었다.

올겨울도 많이 추웠지만 가끔 따스했고, 자주 우울했지만 어쩌다 행복하기도 했다. 올겨울의 희망도 뭐니 뭐니 해도 역시 봄이고, 봄을 믿을 수 있는 건 여기저기서 달콤하게 속삭이는 봄에의 약속 때문이 아니라 하늘의 섭리에 대한 믿음 때문이다.

사십 대의
비 오는 날

앉은뱅이 거지

비가 오는 날이었다. 요즈음은 꼭 장마철처럼 비가 잦다. 청계천5가 그 악머구리 끓듯 하는 상지대商地帶도 사람이 뜸했다. 버젓한 가게들은 다 문을 열고 있었지만 인도 위에서 옷이나 내복을 흔들어 파는 싸구려판, 그릇 닦는 약·쥐 잡는 약·회충약 등을 고래고래 악을 써서 선전하는 약장수, 바나나 엿을 파는 아줌마들의 모습이 보이지 않아 인도가 텅 빈 게 딴 고장처럼 낯설어 보였다. 이 텅 빈 인도의 보도블록을 빗물이 철철 흐르며 씻어 내리고 있어 지저분한 노점상도 다 빗물에 떠내려간 것처럼 느껴지기도 했다.

그런데 딱 하나 떠내려가지 않은 게 있었다. 앉은뱅이 거지였다. 나는 한 달에 두어 번씩은 그곳을 지나칠 일이 있었고, 그때마다 그 거지가 그곳 노점상들 사이에 앉아서 구걸하는 걸 봤기 때문에 그 거지를 알고 있었다. 그날 그는 외톨이였고 빗물이 철철 흐르는 보도블록 위에 철썩 앉아 있는 그의 허리부터 발끝까지의 하체가 물에 흠뻑 젖어 있는 건 말할 것도 없었다. 그래도 한 손으론 비닐우산을 펴들어 머리를 빗발로부터 가리고, 한 손은 연방 행인을 향해 한 푼만 보태달라고 휘젓고 있었다.

나는 전에 그를 봤을 때 각별하게 불쌍히 본 적도 없었고 그가 앉은뱅이라는 것조차 믿었던 것 같지가 않다. 앉아서 주춤주춤 자리를 옮기는 것도 봤고, 앉아서 다니기 편하게 손에다 슬리퍼를 꿰고 있는 것도 봤지만 그게 반드시 앉은뱅이란 증거가 될 순 없었다. 허름한 바지 속의 양다리는 실해 보였고 아마 아침엔 걸어 나와 온종일 저렇게 흉물을 떨다가 밤이면 멀쩡하니 털고 일어나

걸어 들어가겠거니 하는 추측을 자연스럽게 할 수 있을
만큼 나는 약아빠졌달까, 닳아빠졌달까 그렇게 되어 있
었다.

그날도 물론 그가 앉은뱅이란 증거는 아무것도 없었
다. 앉은뱅이가 아니란 증거 또한 없었다. 그냥 빗속의
그의 모습이 충격적으로 무참했다. 찬 빗물에 잠긴 누더
기 속의 하체가 죽어 있는 물건처럼 보였고 그래서 행인
을 향해 휘젓고 있는 한쪽 손이 비현실적이리만치 끔찍
하게 느껴졌다.

나는 한순간 무참한 느낌으로 숨이 막히면서 가슴이
찢어지는 듯한 통증을 느꼈다. 그러곤 잠시 어쩔 줄을
몰라 했다.

부끄러운 얘기지만 거리에서 거지에게 돈을 주어본
일이 거의 없다. 한겨울에 벌거벗고 울부짖는다거나 끔
찍한 불구라든가 너무 어리거나 너무 늙었거나 해서 도
와주고 싶다는 생각이 절로 나게 가엾은 거지를 보고 주
머니를 뒤적이다가도 문득 마음을 모질게 먹고 그냥 지
나친다. 이렇게 마음을 모질게 먹는 데는 그럴 만한 이
유가 없는 건 아니다.

그날도 나는 빗속의 거지 앞에서 핸드백을 열려다 말고 이 거지 뒤에 숨어 있을 번들번들 기름진 왕초 거지를 생각했고, 앉은뱅이도 트릭이란 생각을 했고, 빗물이 콸콸 흐르는 보도 위에 저렇게 질펀히 앉았는 것도 일종의 쇼란 생각을 했고, 그까짓 몇 푼 보태주는 것으로 자기 위안을 삼는 것 외에도, 대체 무엇을 해결할 수 있나를 생각했다.

요컨대 나는 내 눈앞의 앉은뱅이 거지에 대해 아무것도 알고 있지를 못하면서 거지라는 것에 대한 일반적이고 피상적인 예비지식을 갖출 만큼 갖추고 있었던 것이다. 그리고 그 예비지식 때문에 나는 거지조차 믿을 수 없었던 것이다. 내 눈으로 확인한 그의 비참조차 믿을 수 없었던 것이다. 마치 속아만 산 사람처럼, 정치가의 말을 믿지 않던 버릇으로, 세무쟁이를 믿지 않던 버릇으로, 외판원을 믿지 않던 버릇으로, 장사꾼을 믿지 않던 버릇으로, 거지조차 못 믿었던 것이다.

그날 일을 생각하면 지금도 통증과 함께 자신에 대한 혐오감을 누를 수 없다. 믿지 못하는 게 무식보다도 더 큰 죄악이 아닌가도 싶다. 거지에 대한 한두 푼의 적선이 거지를 구제하기는커녕 이런 적선이 있기 때문에 근본적인 구제책이 늦어져 거지가 마냥 거지일 뿐이라는 제법 똑똑한 생각을 요즈음은 어린이까지도 할 줄 안다. 사람들이 갈수록 더 똑똑해지고 있다. 그럴수록 불쌍한 이웃을 보면 이런 똑똑하고, 지당한 이론 대신 반사작용처럼 우선 자비심 먼저 발동하고 보는 덜 똑똑한 사람의 소박한 인간성이 겨울철의 뜨뜻한 구들목(온돌방의 바닥 중 아궁이에 가까운 쪽 - 편집자 주)이 그립듯이 그리워진다. 나이를 먹고 세상인심 따라 영악하게 살다 보니 이런 소박한 인간성은 말짱하게 닳아 없어진 지 오래다. 문득 생각하니 잃어버린 청춘보다 더 아깝고 서글프다. 자신이 무참하게 헐벗은 것처럼 느껴진다.

버스 바닥에 흩어진 동전

이것도 비 오는 날 얘기다. 버스를 타고 있었다. 타고 내린 많은 사람들의 젖은 신발과 우산에서 흘러내린 빗물로 버스 바닥은 질펀한 진창을 이루고 있었다. 나는 내가 내릴 정거장을 하나 앞두고 갑자기 앉은 자리에서 안절부절 불안해졌다. 잔돈이 하나도 없고 오백 원짜리밖에 없다는 걸 알았기 때문이다. 요즈음 오백 원권은 그가 처음 탄생할 때 지녔던 가치를 어느 틈에 오천 원권한테 빼앗기고 형편없이 타락한 건 사실이다. 오백 원권을 가지고 큰돈 대접할 사람은 아무도 없다.

다만 나는 아직도 버스에서 내릴 때 오백 원권을 낼 때만은 그게 큰돈처럼 느껴지고 그래서 차장(버스, 기차, 전차 등에서 교통비를 받거나 차의 순조로운 운행, 승객의 편의를 위해 일하던 사람. 1980년대까지 버스 차장이 있었다. – 편집자 주) 아가씨한테 미안해하는 버릇이 있다. 아마 옛날 옛적 오백 원권이 위풍당당하게 최고액권 행세를 하던 시절, 그것으로 버스 요금을 내면 차장이 짜증을 내며 구박까지 하던 때의 기억 때문에 그런지도 모르겠다.

아무튼 오백 원권으로 요금을 내려면 한 정거장쯤 미리 앞은 자리에서 일어나 차장한테 가는 걸 내 나름의 예절로 삼아왔다. 그날도 나는 미리 차장 아가씨한테 가서 미안한 얼굴을 하며 오백 원권을 내밀려고 했다. 그런데 차장 아가씨는 꼿꼿이 선 채 머리만 약간 창틀에 기대고 곤히 잠들어 있었다. 우리 집 셋째 딸만 한 나이의 연약한 아가씨였다. 질은 피로가 앳된 얼굴과 심한 부조화를 이루고 있어 측은했다. 그 잘난 오백 원권 때문에 이 아가씨의 다디단 잠을 깨울 수도 없는 일이었다. 더군다나 나는 그녀의 피곤하고 불안한 낮잠에서 그녀의 중노동, 불량한 생활환경, 불결한 잠자리, 조악한 식사, 업주로부터의 인간 이하의 모욕적인 대접, 그리고 그녀가 도망친 가난한 농촌 등 버스 차장이란 직업에 대해 갖고 있던 일반적이고 알량한 상식을 한꺼번에 확인한 것처럼 느꼈고, 그래서 얼싸안고 내 품에 편히 재우고 싶을 만큼 감상주의에 흠뻑 젖어들었다.

내가 내릴 정거장이 되고 버스가 멎는 것과 동시에 그녀는 반짝 눈을 떴다. 잠에서 깨어난 게 그녀가 아니라 나였던 것처럼 나는 놀라면서 어설프게 오백 원권을 내밀었다. 그녀는 재빠르게 동전이 짤랑대는 주머니를 뒤적이더니 백 원짜리와 십 원짜리 동전을 건네주었다. 나는 손을 내밀었다. 이런 우리의 주고받음 사이를 뚫고 두어 명의 승객이 버스를 내렸다. 그 바람에 누구의 잘못인지도 모르게 동전이 질퍽질퍽한 버스 바닥에 흘어졌다. 나는 그것을 주우려고 엎드리면서 차장 아가씨가 상냥하게 미안하다고 하면서 같이 줍든지, 그냥 내리라고 하고는 새로운 거스름돈을 주기를 바랐다. 그러나 그녀는 발까지 구르며 나에게 호통을 쳤다.

"아이, 속상해. 그것 하나 제대로 못 받고 속을 썩혀, 빨리빨리 주워 가지고 내려욧. 빨리 발차시켜야 한단 말예욧."

질퍽한 버스 바닥의 동전은 용용 죽겠지 하는 듯이 차고 희게 빛나며 좀처럼 주워지지를 않았다. 마치 침으로 붙인 우표딱지 모양 버스 바닥에 찰싹 달라붙어 나를 약올렸다. 나는 거지처럼 더러운 버스 바닥을 엉금엉금 기며 손톱으로 이리저리 집어 겨우 백 원짜리 동전만 주워 가지고 허리를 좀 펴려는데 차장 아가씨가 나를 잽싸게 문밖으로 떼밀었다. 아니 내던졌다.

나는 곤두박질을 치면서 겨우 진창에 엎어지는 것만은 면했다. 그것만으로 내가 받은 수모가 부족했던지 버스는 흙탕물까지 나에게 끼얹어주고 떠나갔다. 옷도 옷이지만 네 닢의 동전을 주워 올린 내 손과 손톱 사이는 말이 아니게 더러웠다. 나는 어느 가겟집 홈통에서 흘러

내리는 빗물로 손을 씻었다.

　그러면서도 나는 차장 아가씨한테 몹시 화를 내지는 않았다. 나이 탓인지도 모르겠다. 꼿꼿이 선 채 불안하고도 달게 자던 소녀에 대한 한 가닥 모성애 같은 게 그때까지도 내 내부에 남아 있었으니 말이다.

철거되는 대학 건물

　또 비 오는 날이었다. 또 버스간 속이었다. 나는 돈암동 쪽에서 시내로 버스를 타고 나오고 있었다. 버스가 조용한 대학로로 접어들었다. 비 오는 날, 그곳의 가로수는 눈이 부시게 아름다웠다. 연둣빛 어린잎들이 신기하리만치 정갈하고 싱그러워, 덩달아서 살아 있다는 게 그저 고맙고 축복스럽게 여겨졌다. 젖어 있는 나무들 사이로 문리대 건물이 보였다. 철거 작업 중임을 알 수 있었다. 벽은 그대로 서 있는데 지붕과 내부가 헐어져 뻥 뚫린 창으로 저편 하늘이 보였다. 아아, 드디어 문리대가 철거당하는구나, 나는 그렇게 생각했다. 그런 생각에는 현실감보다는 달콤한 감상이 더 짙었다.

나는 문리대 자리에 아파트가 선다는 소식도, 이를 반대하는 쪽의 서울대 보존 운동에 대한 소식도 남이 아는 것만큼은 알고 있었다. 나는 어느 편도 아니었다. 그냥 담담한 방관자의 입장이었다. 학문과 사상의 전당이요, 젊은이들의 꿈과 야망의 고장인 유서 깊은 건물이 헐리고 아파트가 들어선다는 게 못마땅했지만 아무리 떠들어도 종당에는 그렇게 되고 말 걸 하고 체념하고 있었다.

그러면서도 지금의 대학로가 이루고 있는 풍경 외에 어떤 딴 풍경도 그곳에서 바꿔놓고 상상할 수가 없었다. 그곳은 누구에게나 그리운 동경의 고장이었다. 또 내 자식이거나 손자거나 단 한 번이라도 좋으니 그곳에서 입학식을 갖고 졸업식을 가졌으면 하고 벼르던 누구나의 희망의 고장이기도 했다.

아아, 마침내 헐리는구나, 나는 신음처럼 되뇌었지만 축축이 내리는 비 때문일까, 좀처럼 현실감을 가지고 그 문제가 나에게 다가오진 않았다. 나무들은 다 제자리에 청청하게 서 있고, 시계탑도 보였다. 버스가 정문을 지났다. 그리고 마침내 낯선 게 보였다. 아마 건설 회사의 현장 사무소 같았다. 일자형의 흰 건물에 함석지붕이 짙고 독한 주황색으로 칠해져 있었다. 아아, 하고 나는 다시 한번 신음했다. 나는 평생 그렇게 독하고 추악한 주황색을 본 일이 없다. 더군다나 그 주황색은 비에 젖어 번들대고 있었다.

그 주황색이 내 뇌를 갈고 지나가는 듯한 충격을 나는 내 뇌수에 느끼고 진저리를 쳤다. 나는 그런 충격은 청각의 자극을 통해서만 일어나는 것으로 알았는데 그게 아니었다. 지독한 쇳소리의 마찰음을 들었을 때 뇌 속에 일어나는 미칠 듯한 경련과도 흡사한 쇼크가 시각을 통해 내 뇌 속에 일어났던 것이다. 그리고 그 주황색 지붕 너머로 미래의 아파트 단지의 투시도가 선명하게 보였다.

비로소 문리대가 헐리고 속악하고 호사스러운 고층 아파트가 들어서게 된다는 현실감이 나에게 왔다. 그 현실감은 고약하고 고통스럽게 왔다. 나는 지금도 그 빗속에 번들대던 주황색 지붕을 생각하면 혐오감으로 진저리가 쳐진다.

그 혐오감은 유서 깊고 자랑스럽던 대학 자리에 호화

아파트가 들어선다는 사실에 대한 혐오감과도 일치하는 혐오감이다.

소도구로 쓰인 결혼사진

비가 올 것 같은 날이었다. 마침 그날이 내 결혼기념일날이라 나는 부부 동반한 2박 3일 정도의 짧은 여행을 계획하고 나선 길이었다. 실로 얼마 만인지도 모르게 오래간만에 우리는 완행 3등차에 몸을 실었다. 기차가 서울을 벗어나자 비가 쏟아지기 시작했다.

시골에 내리는 비는 도시에 내리는 비와 그 풍취가 전연 다르다. 빗속에 바라보는 봄의 농촌은 싱그럽고 산뜻하고 흥겨워 보였다. 물을 흠뻑 먹은 땅이 검고 부드럽게 보이는 들판으로 도랑물이 흐르는 게 가을 들판 못지않게 풍요로워 보였다. 문자 그대로 감우#雨로구나 싶었다. 들과 풀과 나무와 내와 배꽃, 복숭아꽃이 다디달게 목을 축이고 무럭무럭 자라는 게 보이는 듯했다.

얼마나 좋은 고장인가 이 땅은, 나는 제법 감동까지

했다. 그런데 문제는 기차 속이었다. 쉴 새 없이 장사꾼이 드나들며 연설을 해댄다. 100원에 자그마치 빗이 다섯 개에 칫솔을 세 개나 껴주겠다는 장수서부터 바늘장수, 책장수, 사이다, 콜라, 사과, 삶은 계란, 김밥, 호두과자장수 들이 서로 다투어 목청을 돋우고, 물건을 떠맡기고 했다.

나중에는 한 푼 보태달라는 사람까지 찻간에 들어서자마자 유창하게 일장의 연설을 했다. 뜻하지 않은 사고로 골병이 들고 회사까지 해고당해 제 입 한 입 굶는 건 문제도 아니지만 처자식이 굶는 걸 차마 눈뜨고 볼 수 없어 염치 불고하고 이렇게 나섰으니 신사 숙녀 여러분의 동정을 바랄 따름이라고 했다. 그러고 나서 개별적으로 승객 한 사람 한 사람에게 구걸을 시작했다. 차마 거지라고 부를 수 없게 의젓하고 단정한 차림이었다. 그러나 구걸하는 경우 단정한 옷차림이란 눈에 거슬리면 거슬렸지, 보탬이 되지는 않는 법이다.

그런데 이 사람은 좀 이상한 걸 갖고 다니고 있었다. 꾸벅 절을 하고는 무슨 증명서를 꺼내 보이듯이 그걸 꺼내 보이는 것이었다. 그러나 아무도 그걸 봐주는 사람은 없었다. 그 사람이나, 그 사람이 꺼내 보이는 것을 똑똑히 보면 구걸에 응하게 될 것 같아 겁이 나는 것처럼 누구나 그 사람 쪽은 거들떠도 안 보고 차창 밖만 열심히 내다봤다.

나는 그게 뭔가 몹시 궁금했다. 그래서 내 앞에 그가 오거든 그게 뭔가 똑똑히 봐두리라 벼르고 그가 오기를 기다렸다. 뜻밖에도 그건 낡은 결혼사진이었다. 족두리 쓰고 연지 찍고 다소곳이 서 있는 신부 옆에 사모관대(전통혼례 때 입는 예전 문무백관 복장 – 편집자 주)의 신랑이 의젓하게 서 있는 촌스럽고 낡은 구식 결혼사진이었다.

그리고 사진 속의 신랑은 지금 구걸을 하고 있는 그 사람 자신이었다. 도대체 어쩌자고 이런 걸 보여주며 구걸을 하는 것일까, 나는 이상해하면서도 어느 만큼은 감동 같은 걸 하고 있었다.

그도 꽃다운 시절이 있었고 결혼을 했다. 천지신명께 백년해로를 맹세했고 친척 친구들에게 앞날을 축복받으며 착한 여자의 지아비가 되었고, 지금 이 구걸도 그 무겁고 무서운 지아비 노릇이다라는 생각이 뭉클하니 내 심장 언저리를 뜨겁게 했다.

웬일인지 이 결혼사진도 구걸 행각의 소도구에 지나지 않는다는 약고 똑똑한 생각은 안 했다. 나는 구걸하는 사람에게 베풀기에는 좀 많은 돈을 꺼내서 얼른 그 사람의 주머니에 구겨 넣었다. 남편이 알까 봐, 또 딴 승객들이 눈치챌까 봐, 나쁜 짓이라도 하듯이 몰래 재빠르게 그 짓을 하고, 하고 나서도 얼굴을 붉혔다.

아마 그날이 내 결혼기념일이어서 내가 그럴 수 있었던 게 아닌가 싶다. 그런데 지금까지도 의문이 안 풀리는 건 그가 왜 하필 결혼사진을 꺼내 보이며 구걸할 생각을 했을까 하는 거다. 내가 보기엔 그게 조금도 구걸에 도움을 주는 것 같지가 않았는데 말이다. 어쩌면 결혼의 의미를 남보다 더 잘, 더 많이 알고 있었음이 아닐까.

비 오는 날 있었던 사건이랄 것도 없는 몇 가지 얘기를 적어놓고 보니 문득 서글프다. 빗속에서 같이 받은 우산이 인연으로 싹튼 로맨스가 한 컷쯤 끼었으면 얼마나 좋았을까. 그런데 유감스럽게도 그게 없는 걸 어찌하랴. 이래저래 40대의 비 오는 날의 사건은 재미없을 수밖에 없나 보다.

집 없는
아이

작년 크리스마스 무렵이었다. 손자들한테
만은 선물을 하고 싶어 큰마음 먹고 L백화점에 들렀다.
그 백화점은 집에서 가까울 뿐 아니라 셔틀버스가 집 앞
을 30분마다 지나고 있어 우리 이웃들은 동네 시장에
가는 것보다 그곳으로 쇼핑을 가는 걸 더 편리하게 여기
지만 나는 1년에 한두 번 가기도 며칠 전서부터 별러야
한다. 민속관과 어린이들을 위한 놀이 시설을 갖춘 대형
백화점이라 그 앞은 늘 교통체증이 심해 곁에서 보기만
해도 안에 들어가 부대낄 일이 지레 겁나고 지겹게 느껴
져서이다.

가는 날이 장날이라고 하필 크리스마스 전날이었다. 그 안의 혼잡은 내가 밖에서 상상하고 겁을 낸 것 이상이었다. 특히 장난감이나 아동복 파는 매장은 내 힘으로 물건을 만져볼 수 있는 거리로 접근하는 것도 불가능했다. 요새는 웬만큼 사는 집 아이들이 다 그렇듯이, 내 손자들도 옷이나 학용품 등은 나 보기엔 좀 넘친다 싶게 넉넉히 갖고 있는지라 선물은 필수품보다는 약간은 의외의 기발한 것이었으면 싶었고 그래서 동네 가게 놔두고 백화점에 간 거였는데 그곳은 미리 점찍어놓은 물건이 있지 않는 한 나 같은 사람이 갈 곳이 못 되었다. 휘황하다 못해 요상한 장난감을 가까이서 한번 만져보기도 전에 차를 오래 탄 것처럼 미식미식하면서 가슴이 답답해졌다. 집에서 툭하면 누울 자리 보듯이 나는 쇼핑이고 뭐고 다 집어치우고 어디 앉을 자리가 없나 기웃대기 시작했다.

엘리베이터 근처에 다행히 의자가 있었다. 의자에 앉아서 바라보니 인파가 더욱 굉장해 보였다. 그 안에서 물건을 사고팔 수 있다는 게 신기했다. 그래도 사람마다 쇼핑백을 몇 개씩 들고 있었다. 놀라운 구매력이었다. 방학이라 그런지 인파의 3분의 1은 청소년이었다. 그들도 용돈을 모아 선물하고 싶은 데가 있을 테고 자기가 필요한 건 자기가 고를 나이가 된 이상 나쁠 것도 없었다.

나는 그 엄청난 구매력을 바라보면서 처음으로 신용 카드라는 걸, 업자의 입장에서 고맙게 생각했다. 만일 현금으로 그 많은 물건값을 받는다면 은행까지 운반하려고 해도 돈을 가마니에다 넣고 꾹꾹 발로 눌러 담아 트럭에 실어야 할 것 같았다. 끔찍하다는 생각이 들었다. 별로 유쾌한 상상은 아니었다. 전직 대통령이 축재한 돈의 액수를 부피로 환산해서 말하는 걸 들을 때의 혐오감과도 비슷한 느낌이었다. 돈과 사람과 물건이 넘치는 세상이었다. 뭐가 없거나 필요해서 사는 게 아니라 단지 돈을 주체 못 해 쇼핑을 하고 있는 게 아닌가 싶기도 했다. 내 손자라고 없는 게 있을 것 같지가 않았다.

내 옆의 의자에서는 중학교 1, 2학년쯤 되는 여학생 셋이 나란히 고개를 각자의 무릎에 묻고 아까부터 꼼짝도 안 하고 엎드려 있는 게 자꾸만 신경이 쓰였다. 그 애들도 나처럼 지레 지쳤을 수도 있으나 같이 온 동무끼리라면 서로 얘기를 하든지 기대든지 할 것이지 각자 그러고 있는 게 이해가 안 되었다. 나는 그 애들이 이상해서 필요 이상 오래 앉아서 지켜보았다. 아무리 기다려도 아무 일도 일어나지 않자 나는 참지 못하고 내 옆의 소녀를 살살 흔들어보았다.

소녀가 고개를 들었다. 잠에서 깬 듯 부수수한 얼굴이었다. 내가 먼저 사과를 했다. 자고 있었다면 깨워서 미안하지만, 졸리면 집에 가서 편히 자야지 그런 불편한 자세로 자면 쓰느냐고 말하다 말고 나는 어색하게 웃으며 입을 다물었다. 소녀는 암말 안 했지만 참 별꼴 다 본다는 불손한 표정이 역력해서이기도 했지만, 소녀에게 집이 없을지도 모른다는 생각이 느닷없이 들어서였다.

소녀의 옷차림은 초라하지도 사치하지도 더럽지도 않은 그 나이에 맞는 정상적인 거였고, 머리 모양도 약간의 멋을 낸 티가 귀여운, 그 나이의 평균치의 머리 모양이었다. 그럼에도 불구하고 집이 없을지도 모른다는 생각이 든 것은 건물로서의 집이 아니라 세상에서 가장 편안하고 따뜻한 대화가 있고, 자유와 구속이 적당히 조화된 가정으로서의 집이었다.

소녀가 다시 머리를 무릎 위에 파묻는 것을 보고 나는 공중전화를 찾아갔다. 손자하고 통화를 해서 이왕이면 그 애가 평소 갖고 싶어 하던 거를 사주고 싶어서였다. 매장만 대목을 맞은 게 아니었다. 공중전화 앞에 늘어선 줄도 끝이 안 보였다. 이런 날 나오기가 잘못이었지만 이왕 나왔으니 일을 하나 끝내고 싶었다. 내 바로 앞에는 중학생 또래의 소년이 서 있었다. 통화들이 어찌나 긴지 마냥 기다려야 했다.

내 앞의 소년 차례가 되었다. 친구한테 건 전화인 것 같았다. "쌔끼야 집에 있었구나"로 통화는 시작됐다. 비죽비죽 웃음이 났다. 고 또래가 무슨 얘기를 하나 엿들을 수 있다는 기대도 나쁘지 않았다. 그러나 저쪽에서 뭐라는지는 들리지 않고 소년이 대답하는 소리만 들리는데 처음부터 끝까지 같은 대답이었다. "뻥까지 마, 쌔끼야." 권태롭게 껌을 쩌덕거리면서 정말이지 딴 소리는 한마디도 안 하고 간간이 "뻥까지 마, 쌔끼야"라는 같은 소리로만 일관하는 통화는 끝도 없이 이어졌다. 평소에 편리하게 느꼈던 전화카드라는 게 다 원망스러웠다. 용건 없이 긴 통화가 다 그놈의 전화카드 때문인 것 같아서였다. 어쩌면 같은 소리의 반복 때문에 더 길게 느껴졌는지도 모르겠다. 무슨 내용인지 엿들을 수만 있어도 한결 지루하지 않게 기다릴 수가 있었을 것이다.

소년의 통화는 상대방이 일방적으로 끊음으로써 끝이 났다. 소년은 역시 "쌔끼가……" 하면서 헛발질을 한 번 하고 그만이었다. 그 소년도 남보다 더 불량해 보이거나 초라해 보이지 않는 평균치의 소년이었다. 그러나 집 없는 아이일지도 모른다는 생각이 또 났다. 남부럽지 않게 거두어주는 집은 있을지 모르지만 타인과 제대로 말하는 법을 가르쳐주는 가족이 있는 집은 없는 아이처럼 보였고, 괜히 백화점 안을 쏘다니는 소년 소녀들의 태반이 완전한 집은 못 가진 아이들이 아닐까 하는 근거 없는 생각도 들었다.

오랜 기다림 끝에 연결이 된 손자와의 통화도 즐겁기만 한 것은 아니었다. 만들기가 복잡하고 어려운 조립을 사달라고 했다. 나는 손자가 완성된 장난감보다 조립을 좋아하는 걸 예쁘게 여겼기 때문에 쾌히 승낙을 했다. 그러나 덧붙이는 말이 이왕이면 일제로 사달라는 것이었다. 이유는 국산은 부품끼리 잘 맞지를 않고, 완성된

후에도 작동이 제대로 되는 것도 있고 안 되는 것도 있
어서 믿을 수가 없다는 것이었다. 산타 할머니도 못 해
먹을 노릇이었다. 우울한 날이었다.

보통
사람

　　　　　남보다 아이를 많이 낳아 늘 집안이 시끌시끌하고 유쾌한 사건과 잔근심이 그칠 날이 없었다. 늘 그렇게 살 줄만 알았더니 하나둘 짝을 찾아 떠나기 시작하고부터 불과 몇 년 사이에 식구가 허룩하게 줄고 슬하가 적막하게 되었다.

　자식이 제때제때 짝을 만나 부모 곁을 떠나는 것도 큰 복이라고 위로해주는 사람도 있지만 식구가 드는 건 몰라도 나는 건 안다고, 문득문득 허전하고 저녁 밥상머리에서 꼭 누가 더 들어올 사람이 있는 것처럼 멍하니 기다리기도 한다.

딸애들이 한창 혼기에 있을 땐 어떤 사위를 얻고 싶으냐고 묻는 사람도 있었고, 친구들끼리 모여도 화제는 주로 시집보낼 걱정이었다. 큰 욕심은 처음부터 안 부렸다. 보통 사람이면 족하다고 생각했다. 그러나 말이 쉬워 보통 사람이지 보통 사람의 조건을 구체적으로 대라면 그때부터 차츰 어려워지기 시작한다.

우선 생활 정도는 우리 정도로 잡았다. 왜냐하면 우리보다 잘사는 사람도 많고 못사는 사람도 많은데 내 어림짐작으로는 우리보다 잘사는 사람과 못사는 사람의 수효가 비등비등한 것 같으니 우리가 중간, 즉 보통 정도는 될 것 같았다. 그런 식으로 만들어본 보통 사람은 대략 이러했다.

살기는 너무 부자도 아니고 너무 가난하지도 않을 것, 식구끼리는 화목하되 가끔 의견 충돌쯤 있어도 무방함, 부모가 생존해 계시되 인품이 보통 정도로 무던하여 자식에게 보통 정도의 예절과 공중도덕을 가르쳤을 것, 학력은 내 자식이 대학을 나왔으니 대학은 나와야겠지만 일류냐 이류냐까지는 안 따지기로 하고 그 대신 적성에 안 맞는 엉뚱한 공부를 해서 대학을 나오나마나이면 절대로 안 되고, 용모나 키도 보통 정도만 되면 되지만 건강할 것, 돈 귀한 줄 알고 인색하지 않을 것, 등등이었다.

나는 그만하면 욕심도 너무 안 부렸다고 생각했기 때문에 그 정도의 사윗감은 쌔고 쌨으려니 했다. 그러나 웬걸, 막상 나서는 혼처는 하나같이 내가 생각하고 있는 보통 사람을 넘지 않으면 처졌다. 보통 사람이 그렇게 귀할 수가 없었다. 내가 가장 보통이라고 생각하고 내세운 조건은 어쩌면 가장 까다로운 조건인지도 몰랐다.

나는 우선 사돈을 맺기 위해서가 아니라 그냥 보통 가정을 내 둘레에서 찾아보기 시작했다. 역시 귀하긴 마찬가지였다. 그러면 내 집은 남이 보기에 보통일까? 거기 생각이 미치자 그것조차 자신이 없는 게 아닌가. 우선 주부가 글을 쓴다고 툭하면 이름 석 자가 내걸리고, 살림은 건성건성 엉터리로 하는 가정이 어디 보통 가정인가. 나는 그만 실소를 터뜨리고 말았다.

보통 사람은 나에게만 어려운 게 아닌 모양이다. 〈보통 사람들〉이란 TV 연속극이 인기를 독차지하고 있을 때 나도 그걸 꽤 열심히 보았지만 그 사람들이 보통 사람이라고 여겨지진 않았다. 그러나 보통 사람이란 제목은 가장 광범위한 사람에게 동류의식을 일으켰음 직하다. 전형적인 보통 사람을 찾긴 힘들지만 사람들은 누구나 자기를 보통 사람이라고 생각하고 싶어 하고 또 그렇게 생각할 때 가장 마음이 편안한 것 같다. 그것은 아마 학교에서 가정환경 조사서를 써 오라고 할 때 생활 정도란에 거의 다 '중'을 쓰는 심리와도 비슷한 것이 아닐까.

얼마 전에 어떤 일간지에서 평균치의 한국 사람을 계산해서 거기 꼭 들어맞는 사람을 찾아내서 '한국의 보통 사람'이라는 이름으로 크게 보도한 적이 있다. 나는 그가 크게 웃고 있는 낙천적이고 건강한 얼굴을 보고 내가 오랫동안 찾고 있는 사람을 만난 것 같은 반가움과 친숙함을 느꼈다. 그러나 그가 갖춘 보통 사람의 조건은 내가 생각하고 있는 보통 사람의 조건하곤 얼토당토않은 것이었다.

그의 생활 정도나 학벌은 내가 생각하고 있는 보통 사람을 훨씬 밑돌았지만 그는 보통 이상 날카로운 사회적 안목과 비판 정신을 가지고 있었다. 그가 보통 사람다운 점이 딱 하나 있다면 그것은 큰 욕심 안 부리고 열심히 노력해서 지금보다 좀더 잘살고 자식은 자기보다 더 많이 가르치고 싶다는 건전하고 소박한 꿈이었다.

그러나 한편 냉정히 생각해보면 큰 욕심 안 부리고 노력한 것만큼만 잘살아보겠다는 게 과연 보통 사람의 경지일까? 보통 사람이란 좌절한 욕망을 한 장의 올림픽복권에 걸고 일주일 동안 행복하고 허황된 꿈을 꾸는 사람이 아닐까? 보통 사람의 숨은 허욕이 없다면 주택복권이나 올림픽복권이 그렇게 큰 이익을 올릴 수는 없을 것이다. 이 풍진세상風塵世上에서 노력한 만큼만 잘살기를 바라고 딴 욕심이 없다면 그건 보통 사람을 훨씬 넘은 성인의 경지이다.

그럼 진짜 보통 사람은 어디 있는 것일까? 과연 있기는 있는 것일까? 보통 사람이란 평균 점수처럼 어떤 집단을 대표하고 싶어 하는 가공의 숫자일 뿐, 실지로 존재하는 것은 아닐지도 모른다.

"크게는 안 바라요. 그저 보통 사람이면 돼요." 가장 겸손한 척 가장 욕심 없는 척 이렇게 말했지만 실은 얼마나 큰 욕심을 부렸었는지 모른다. 욕심 안 부린다는 말처럼 앙큼한 위선은 없다는 것도 내 경험으로 알 것 같다. 아마 나의 가장 평범한 것 같으면서도 가장 까다로운 조건만 내세워 자식들의 배우자를 골랐더라면 생전 시집 장가 못 보냈을지도 모른다. 다행히 제 마음에 드는 짝을 제각기 찾아내서 부모의 승낙을 받고 슬하를 떠났으니 큰 효도한 셈이다. 아직도 보내야 할 자식이 남아 있긴 하지만 보통 사람을 찾는 일은 그만두기로 한 지 오래다.

서른둘이 되도록 시집을 안 가고 있는 딸을 둔 내 친구는 보는 사람마다 붙들고 중매 서라고 조르는 버릇이 있다. "바지만 입었으면 돼." 그게 내 친구의 사윗감에 대한 간단명료한 조건이다. 그러나 서른두 살 먹은 그 처녀는 치마 입은 총각이나 나타나면 시집을 갈까, 바지 입은 총각들한테는 흥미 없다는 낙천주의자다. 나는 그렇게 초조해하는 친구보다 그의 딸의 느긋한 여유가 한결 보기 좋아서 친구한테, 그 애는 결혼 안 해도 얼마든지 행복할 수 있는 애니 제발 좀 내버려두라고 충고 비슷한 말을 한 적이 있다. 친구는 벌컥 화를 내면서 보통 사람들이 다 하는 사람 노릇도 못 하고 나서 행복 불행이 어디 있느냐는 것이었다. 그렇담 내 친구는 행불행

이전의 최소한 사람 노릇을 보통 사람의 전형으로 삼고
있다고도 볼 수 있다.

내가 생각하고 있는 보통 사람과도, 신문사에서 뽑은
보통 사람과도 다른 또 하나의 보통 사람이었다. 내가
좋아하는 보통 사람의 실체를 파악하기가 점점 더 어려
워진다. 이러다가는 내가 보통 사람을 좋아한다는 게 정
말인지조차 의심스러워진다.

모르겠다. 지금 누가 나에게 보통 사람이 누구냐고
묻는다면 이마에 뿔만 안 달리면 다 보통 사람이라고 대
답하겠다.

꿈을 꿀 희망

꿈

　　　　일전에 시내에 나갔다가 집에 들어올 때의
일이다. 택시를 탔는데 동대문 쪽으로 가지 않고 돈암동
쪽으로 도는 것이었다.

　　한번 잡은 방향을 바꾸기도 어렵거니와 거리상으로
큰 차이가 날 것 같지도 않길래 모로 가도 서울만 가라
고 하고 가만히 있을 수밖에 없었다.

　　운전사 쪽에서 뒤늦게 방향을 잘못 잡은 걸 알고 미
안해하더니 삼선교 쪽에서 질러간답시고 주택가로 접
어들었다.

　　오늘 다르고 내일 다르게 변하는 신흥 주택가나 도심

지와 달리 안정된 한옥촌은 아늑하고도 구태의연했다.

그곳엔 내가 여학교 시절을 보낸 집이 있을 터였고, 택시는 뜻하지 않게 그 집 앞을 지나는 것이었다.

조그만 한옥인 그 집은 옛 모습 그대로인데, 그 집이 있는 좁은 골목은 한쪽의 집들이 헐려서 큰 한길이 되어 있었다. 골목 속에 다소곳이 있던 집이 아무런 단장도 안 하고 별안간 큰 한길로 나앉은 건 어딘지 무참한 느낌을 주었다.

마침 하학 시간이라 여고 학생들이 삼삼오오 그 앞을 지나고 있었다.

여학교 시절을 보낸, 지금도 변하지 않은 옛집과 그 앞을 지나는 여학생들의 모습은 문득 나에게 시간 관념의 혼란을 가져왔다. 울고 싶은 충동을 일으켰다.

실제로 눈물을 흘리지 않았지만 조용히 흐느끼고 싶은 잔잔한 서러움이 목구멍까지 치올랐다.

차는 곧 그 앞을 지났다. 나는 결국 울지 못했다. 쉰 살이 가까운 뻣뻣하게 굳은 여자가 그까짓 일로 차마 어찌 울기까지야 하랴. 그러나 그때의 그 느낌만은 늙은 여자답지 않은 센티였다.

　그 집과의 만남은 쉰 살 여편네에게 열여섯 소녀의 감상을 일깨워줄 만큼 그 집에서 나는 참으로 많은 꿈을 꾸었다.

　숱한 꿈은 자라면서 맞닥뜨린 현실에 혼비백산, 지금은 그 편린조차 지니고 있지 않다. 나는 그때 내가 어떤 꿈을 꾸었는지 생각해낼 수가 없다. 다만 그 꿈과는 동떨어진 모습이 되어 늙어가고 있음을 알 뿐이다. 하루하루를 사는 내 모습이 별안간 한길로 나앉은 나의 옛집의 모습만큼이나 초라하고 어설프다는 걸 알 뿐이다.

　나는 매일 아침 하루의 계획을 세운다. 집에 있는 날은 집에서 할 일을 빠듯하게 짠다. 내가 할 일, 아이들에게 시킬 일, 파출부에게 시킬 일을 분류하고 내가 할 일을 또 가사와 원고 쓰는 일로 나누어 시간 배당을 엄격히 한다. 행여 예기치 않은 일이 일어나 이 시간 배당에 차질이 생길까 봐 전전긍긍한다.

　나가는 날은 나가서 볼일을 또 그렇게 꼼꼼히 짠다. 외출하는 횟수를 줄이기 위해 볼일은 어느 하루로 몰아서 치르기 때문에 나가서 볼일도 빠듯이 짜여 있다.

　허둥지둥 종종걸음을 친다. 약속하지 않은 옛 친구를

우연히 만나 차라도 나누게 되어 시간을 빼앗기게 되면 어쩌나 겁이 나는 것처럼 앞만 보고 종종걸음을 친다.

계획한 시간을 예기치 않은 일에 빼앗길까 봐 인색하게 굴다 보니 거의 시계처럼 살려니 꿈이 용납되지 않는다. 낮에 꾸는 꿈이란 별건가. 예기치 않은 일에 대한 기대가 즉 꿈일 수 있겠는데 나는 그걸 기피하고 다만 시계처럼 하루를 보내기에 급급하다.

시계처럼 산다면 제법 정확하고 신용 있는 사람 티가 나지만 시계가 별건가. 시계도 결국은 기계의 일종이거늘. 사람이 사람답게 살아야지 사람이 기계처럼 살아서 어쩌겠다는 걸까.

낮에 이렇게 기계처럼 바쁘게 움직이다 보니 밤엔 자연히 죽은 것처럼 숙면을 하게 되어 거의 꿈을 안 꾼다. 꿈을 안 꾸는 것인지 못 꾸는 건지, 꾼 꿈을 되살려 기억할 시간을 안 갖기 때문에 일껏 꾼 길몽 영몽靈夢을 아깝게도 망각의 구렁텅이에 처넣고 있는 건지는 모르지만.

숙면한다고는 하지만 꿈이 없는 잠은 뭔가 서운하다. 고기 없는 물이 서운한 것처럼. 고기 없는 물이 아무리 깨끗해도 살아 있는 물이 아닌 것처럼 꿈이 없는 잠은 산 사람의 잠일 수는 없을 것 같다.

조금 덜 바빠져야겠다. 너무 한가해 밤이나 낮이나 꿈만 꾸게는 말고, 가끔가끔 단꿈을 즐길 수 있을 만큼만 한가하고 싶다.

아침에 일어나면 우선 계획 밖의 예기치 않은 일이 일어나길 소망하면서 가슴을 두근대고 싶다. 밖에 나갈 땐 정성껏 화장을 하고 흰 머리카락이 비죽대지 않나 살펴 머리를 빗고, 어떤 옷이 가장 잘 어울리나, 이 옷 저 옷 입었다 벗었다 하고 싶다. 예기치 않은 사람을 만날지도 모른다는 기대에 부풀어서.

이렇게 시간과 마음의 여유가 생기면 아마 밤에도 꿈을 꿀 수 있을 것 같다. 내가 어려서 꾼 것 같은 색채가 풍부한 꿈을.

나는 어려서 특히 꽃과 과실의 꿈을 많이 꾸었었다. 진분홍 꽃으로 뒤덮인 들과 산을 끝없이 헤맨다거나, 놀랍도록 색채가 선명한 과일이 주렁주렁 달린 나무 밑에서 치마폭을 벌리고 과일이 떨어지길 기다리는 꿈이라든가.

이런 꿈 얘기를 하면 어른들은 태몽이라고 하시며 웃

으셨다. 나는 부끄러워서 어른한테 꿈 얘기를 하는 걸
스스로 삼가게 됐다.

하긴 소녀 적의 태몽으로 지금 예쁜 딸들을 주렁주렁
두었는지 모르지만.

악몽을 꾼 기억은 거의 없다. 악몽이라봤댔자, 무서
운 도둑이나 괴물에게 쫓기는 꿈인데 이런 꿈을 꿀 때는
좋은 꿈을 꿀 때와는 달리 지금 꿈을 꾸고 있다는 걸 의
식하고 꾼다. 그래서 꿈이니까 날 수도 있겠거니 하고
마음만 먹으면 둥실 공중을 날아 괴물로부터 가볍게 놓
여나게 된다. 그러니까 무섭증이 조금도 심각하지 않고
장난스럽다.

다시 꿈을 꾸고 싶다. 절박한 현실 감각에서 놓여나
꿈을 꿀 수 있었으면 좋겠다. 조금만 한가해지면 그럴
수 있을 것이다. 아직은 꿈을 단념할 만큼 뻣뻣하게 굳
은 늙은이가 돼 있다고는 생각하지 않는다.

소녀 적에 살던 집 앞을 지나면서 울고 싶을 만큼 센
티한 감정이 아직도 나에게 남아 있는 것만 봐도 나에겐
꿈을 꿀 희망이 있다.

언덕방은
내 방

　　　　나는 음식을 가린다든가 잠자리가 바뀌면
잠을 못 잔다든가 하는 까다로운 성질이 아니다. 여행을
다니는 데는 적합한 체질이나 어디 가서 친구나 친척 집
에 묵는 일은 적극 피하고 있다. 심지어는 딸네 집에서
도 여간해서는 자는 일이 없어서 유난하다는 별명도 듣
고 섭섭하다는 말을 듣기도 한다. 직업적으로 손님을 접
대하는 여관이나 호텔은 좀 불친절해도 잘 참는 편인데
도 친척이나 자식이 나를 위해 이것저것 신경을 써준다
고 생각하면 도무지 편안치가 못해서 될 수 있으면 안
하고 싶다. 자주 전화 연락을 하던 지방에 사는 친지한

테도 막상 그 고장에 볼일이 생겨 갔을 때는 연락을 안 하고 여관에 묵고 살짝 돌아온다. 혹시나 재워줄 의무를 느끼거나 식사라도 한 끼 대접하고 싶어 할까 봐 그렇게 하는데도 나중에 알면 섭섭해하고 차가운 사람 취급을 당하기도 한다. 누구를 위해서라기보다는 나 편하자고 그러는 것이니까 욕을 먹어도 할 말은 없다. 천성적으로 누가 나한테 너무 잘해주려고 하면 나는 그게 가시방석처럼 불편한 걸 어쩌랴.

자연히 내 집이 제일이다. 자주 여행을 다니는 것도 내 집에 돌아올 때의 감격을 위해서일지도 모르겠다. 집은 편안한 만큼 헌 옷처럼 시들하기가 십상인데 그 헌 옷을 새 옷으로 만드는 데는 여행이 그만이다. 그러나 때로는 집도 낯설고 불편할 때가 있다. 난방이 잘 된 집에서 배불리 먹고 편안히 빈둥댔음에도 불구하고 괜히 춥고, 배고프고, 고단하고, 집에 붙어 있음으로 생기는 온갖 인간관계까지가 헛되고 헛되어 견딜 수가 없을 때 꿈꾸는 여행은 구태여 경치가 좋거나 처음 가보는 고장일 필요는 없을 것이다. 그럴 때 표표히 돌아갈 수 있는 고향이 있는 사람은 복되다.

　나에게 부산에 있는 베네딕도 수녀원은 고향과 같은 곳이다. 마음이 시리고 헛헛할 때, 남의 눈이 아니라 내 눈에 내가 불쌍해 보일 때, 수녀원의 언덕방이나 그 뒷산의 바다가 보이는 의자 생각만 해도 크나큰 위로가 된다. 이 일만 끝마치면 거기 가서 쉬리라 마음먹는 것만으로도 도무지 내키지 않던 일에 새로운 신명이 나기도 한다.

　수녀원의 언덕방과 인연을 맺은 지도 어언 6년이 된다. 내 생애에서 가장 고통스러웠던 1988년 가을이었으니까. 나는 그때 나만 당하는 고통이 억울해서도 미칠 것 같았지만 남들이 나를 동정하고 잘해주려고 애쓰는 것도 견딜 수가 없었다. 남들은 물론 자식들까지 나를 건드리지 않으려고 신경 쓰며 위해만 주는 게 내가 마치 고약한 부스럼 딱지라도 된 것처럼 비참했다. 그렇다고 안 위해주고 평상시처럼 대해주었더라도 야속했을 것이다. 요컨대 나는 무슨 벼슬이라도 한 것처럼 내 불행으로 횡포를 부리고 있었다.

　마침 그때 이해인 수녀님으로부터 수녀원에 편히 쉴 만한 방이 있으니 언제라도 오라는 고마운 말씀을 들었

다. 아마 수녀님으로서보다는 시인의 직관으로 나의 걷
잡을 수 없이 황폐해져가는 심성을 들여다보고 안됐단
생각이 들었던 것 같다. 그 소리를 듣자마자 그렇게 거
기가 가고 싶을 수가 없었다. 몸이 극도로 쇠약해져 있
을 때라 딸이 말리는 걸 무릅쓰고 나는 고집을 피워 드
디어 언덕방의 손님이 되고 말았다.

나는 지금도 그때 거기가 그렇게 가고 싶었던 게 신
의 부르심이었다고 생각한다. 언덕방에 들어가자 곧 살
것 같았던 것은 적당한 무관심 때문이었다. 나는 그때까
지 24시간 딸의 정성스러운 보살핌을 받고 있었기 때문
에 처음에는 다소 섭섭했지만 그 적당한 무관심이 숨구
멍이 돼주었다. 그렇다고 아주 무관심한 건 아니었다.
심심할 만하면 다시 말동무를 해주는 수녀님도 계셨고,
구메구메 간식거리를 챙겨주시는 수녀님도 계셨고, 식
사할 때마다 그렇게 적게 먹어서 어떡하냐고 근심을 해
주는 수녀님도 계셨다. 그러나 그 모든 게 적절할 뿐 지
나치는 법이 없었다. 식사는 정결하고 맛있었지만 검소
하고 평등했고, 아무도 나를 위해 전복죽이나 잣죽을 쑤
어다가 먹으라고 강요하지 않았다. 모든 것이 조금도 과

하지 않고 적절했고 오직 수녀님들의 화평한 미소만이 도처에 넉넉했다. 수녀님들의 미소는 내가 있는 걸 다들 좋아하고 있구나 하는 착각까지 들 지경이어서 신세를 지고 있다는 불편한 마음이 들 새가 없었다. 결국 나는 언덕방 손님 노릇을 통해 세 살짜리 같은 응석받이로부터 홀로서기에 성공을 할 수가 있었다.

그 후에도 거의 해마다 수녀원 언덕방의 손님 노릇을 다만 며칠이라도 하고 와야 마음이 개운해지는 버릇이 생겼다. 사람에 따라 다르겠지만 나는 손님을 가장 불편하게 하는 것은 지나친 공경과 관심이라고 생각한다. 너무 잘해주는 친척 집보다 불친절한 여관방을 차라리 편하게 여기는 것도 그런 까닭이다. 필요한 것이 알맞게 갖춰져 있고 홀로의 시간이 넉넉히 허락된 편안한 내 방이 언제고 나를 기다리고 있다고 생각하는 것만으로도 나는 아릿한 향수와 깊은 평화를 느낀다. 수녀원 뒷산에 사계절은 또 얼마나 좋은지, 자연 그대로인 것 같으면서 세심한 손길이 느껴지고 잘 가꾼 것 같으면서 자연 그대로인 뒷산에 안겨 새소리를 듣고, 다람쥐와 숨바꼭질하고, 철 따라 피고 지는 꽃들을 보는 기쁨과 평화는 "주님, 당신은 참 좋으십니다"라고밖에 표현할 길이 없다.
그 복잡한 부산에 그런 좋은 동산이 있다는 걸 누가 믿
을까. 거기 언제나 갈 수 있고 또 가기를 꿈꿀 수 있다는
것만으로도 나는 참 복도 많다 싶다.

이멜다의
구두

　　　　봄기운이 도타워지면서 낮엔 집 안보다 집 밖이 한결 따습다. 난방이 덜 되는지, 집 안엔 아직 겨울 기운이 남아 있어 껴입고 외출을 했다가 번번이 진땀을 흘리는 고역을 치렀다. 오늘은 마음먹고 내복을 벗고 겉옷도 가볍고 밝은 색으로 차려입었다. 좀더 봄기운 나는 새 옷을 장만하고 싶다는 욕심도 생기면서 마음이 들떴다. 그러나 신발장을 열고 보니 마땅한 구두가 없었다. 어제까지 신던 굽 낮은 까만 구두 말고 상큼한 보라색이나 베이지색 구두를 신고 싶은데 없었다. 산 적이 없으니 없을 수밖에. 그래도 좀 나은 구두가 있을 것 같아 신발장의 구두를 거의 다 꺼냈다. 맙소사 식구가 세 식구 밖에 안 되는데 구두는 30켤레가 넘었고 그중의 20켤레 이상이 여자 구두였다. 식구 중 나 혼자가 여자라고 해서 그 구두가 다 내 것은 아니다. 딸이 시집가면서 버리고 간 것을 내 눈엔 말짱해서 껴둔 것까지 합쳐서 그랬다. 그중엔 철 지난 부츠도 있고, 철 이른 샌들도 있고, 산 지가 너무 오래되어 모양으로나 수명으로나 다 된 것도 있었다.

　신을 만한 게 단 한 켤레도 없는 30켤레의 구두 앞에서 나는 엉뚱하게도 이멜다의 3,000켤레의 구두(1965년부터 1986년까지 장기 집권했던 필리핀 전 대통령 마르코스의 부인 이멜다가 국민들의 저항을 피해 도망갈 때 남기고 간 명품 구두의 수가 3,000켤레라고 알려졌었다. - 편집자 주)를 연상하고 있었다. 우리 집의 30켤레의 구두와 이멜다의 3,000켤레의 구두는 양적으로도 그렇지만 질적으로도 비교가 안 된다. 내 것은 문자 그대로 고물 장수도 안 집어 갈 헌신짝일 뿐이다. 그러나 내가 이런 식으로 헌신짝을 못 버리고, 시집간 딸들이 버린 헌신짝까지 껴두다가는 죽는 날까지 300켤레쯤의 헌신짝을 모으는 것쯤

문제없을지도 모른다. 그래서 세계적인 화제는 못 되더라도 유족들 사이에서 참 딱한 늙은이였다는 화젯거리로 남게 될 수도 있으리라.

가끔 얼토당토않은 것끼리, 또는 정반대되는 것끼리 묘하게 닮아 보일 때가 있다. 이를테면 한 달에 10만 원 수입에서 7만 원을 저금했다는 거짓말 같은 사실의 주인공과 남의 돈 내 돈 없이 몇십억 몇백억을 주무르고 사치의 극을 누린 큰손을 가진 사람이 닮아 보일 적이 있다. 그 지나침 때문에. 지나치면 만고의 미덕이라는 절약도 아름답지가 않고, 누구나 누리고 싶어 하는 부도 혐오스럽게 된다.

내가 반 평도 안 되는 현관에 수북이 산처럼 쌓인 헌구두를 망연히 바라보면서 이멜다의 구두를 연상한 것도 그런 까닭이다. 그 두 가지는 얼토당토않은 거였지만 아름답지 않고 혐오스럽다는 걸로 매우 닮아 보였다. 뭐든지 그것을 즐기려면 우선 제정신이어야 한다. 그러나 3,000켤레의 새 구두는 이미 제정신을 가진 사람의 것이 아니다. 병적인 집착이요 광분일 따름이다. 뭐든지 덮어놓고 아까워서 껴두는 걸로 자신을 가장 분수를 지키며 검약하게 사는 걸로 착각해온 나는 그럼 제정신인가. 그 두 가지는 서로 상반되는 것 같으면서도 집착과 자기도취라는 공통점이 있다.

동양 사상이 왜 중용을 인간 최고의 덕목으로 삼았나를 알 것 같다. 중용은 유교 경전 중 사서의 하나지만, 단지 중용의 낱말 풀이만 들어봐도 아름답다. "마땅하여 지나치거나 모자람이 없으며 또 어느 한쪽으로 치우치지 않고 떳떳하여 알맞은 상태나 그 정도(신용철·신기철 편저,『새 우리말 큰사전』)."

이멜다의 구두 덕에 나는 오랫동안 껴두었던 헌 구두들을 미련 없이 버릴 수가 있었다. 물론 다시 신을 만한 것 몇 켤레도 남겼다. 내일쯤은 새 구두도 한 켤레 사야겠다. 회색으로 살까 베이지색으로 살까? 눈 딱 감고 분홍 구두를 살까? 주책없이 설레고 있다.

천사의
선물

지금은 훨씬 덜해졌지만 몇 년 전까지만
해도 외국에 유학을 갔다 오거나 연수를 갔다 온 지식인
들이 우리의 후진성을 개탄할 때마다 쓰는 상투어로 선
진 외국에선 어쩌구저쩌구…… 하는 게 있었다. 물론 우
물 안 개구리를 벗어나 넓은 세상의 이모저모에 우리들
자신의 모습을 비추어 볼 수 있는 기회를 갖는다는 건
중요한 일이고, 그렇게 비춰 본 우리들 모습의 초라함에
충격을 받는 것도 발전 과정에서 어쩔 수 없이 거쳐야
할 과정이라는 걸 모르는 바는 아니다. 그러나 지식인들
의 그런 말투에선 자신만은 우리 모두의 후진성이나 초

라함과 무관하다는 교만한 착각 같은 게 느껴져서 아니
꼽게 들릴 때가 많다.

그래서 그랬던지 내가 처음으로 유럽 여행을 하게 되
었을 때 속으로 벼른 것도 많이 봐두리라는 생각보다는
아무리 좋은 걸 봐도 쇼크 안 받기와 돌아와서 밖에서
본 거 풍기지 않기였다.

내가 한 친구에게 나의 이런 유치한 결심을 얘기했더
니 그건 외국 문화에 맹목으로 심취하는 것보다 더 나쁜
열등감이라는 핀잔을 들었다.

막상 밖에 나간 나는 그들의 잘사는 모습에 정말 놀
라지 않았다. 정말 놀랄 만한 건 그들이 지니고 있는 문
화유산이었지만 우리가 그 방면에 있어서 그들과 비교
가 안 된다는 건 미리 알고 있었던 거고, 적어도 현재의
사는 모습에 있어서만은 우리도 세계 수준이었기 때문
에 놀랄 게 없었다. 그땐 벌써 걸으로 나타난 우리의 생
활수준은 어느 선진국에 비해서도 손색이 없었다. 그 무
렵 한창 유행하던 '잘살아보자'는 구호를 마침내 현실로
움켜쥔 감격을 만끽하려는 듯 우리 모두가 외면치레에
급급할 때였다.

그 후 다시 몇 년 후 일본 구경을 갔을 때는 열등감 은커녕 그들의 사는 걸모습이 우리보다 훨씬 궁상맞음 을 딱하게 여겼다. GNP인가 뭔가 하는 게 우리의 몇 배 라면서 왜 이렇게 못살까가 수상하기도 하고 우리처럼 화끈하게 잘살지 못하는 그들이 딱해 보이기도 했던 것이다.

재작년에 다시 일본에 가볼 수 있는 기회가 생겼다. 그쪽의 어떤 재단의 초청이어서 보고 싶은 걸 미리 신청 하면 가능한 한 다 보여주겠다고 했다. 그때도 철없이 여기저기 명승지만 열거하고 맨 나중에 심신장애자를 위한 특수학교를 보고 싶다고 신청했다. 내 가장 친한 친구가 뇌성마비 아들 때문에 얼마나 고통받고 온갖 수 모를 겪어야 했는지 지켜보면서 같이 분통도 터뜨리고 우리 사회를 원망도 많이 했기 때문에 그 나라에선 그런 장애자를 어떻게 돌보고 있나 알고 싶었던 것이다.

그쪽에선 나를 그런 특수학교에 안내하기 전에 내가 신청서에 써낸 시설이 중# 정도라는 단서가 무슨 뜻인 지를 물었다. 나는 재단이 너무 풍부하여 호화롭게 운영 하거나 너무 영세하여 궁핍하게 운영하는 시설 말고 중

간 정도의 시설을 보고 싶다고 했다. 그랬더니 동경 도
내의 구區마다 하나씩 있는 심신장애자 시설은 다 도립
都立이기 때문에 각기 특성은 있지만 빈부나 우열의 차이
는 거의 없다고 했다. 나는 좀 머쓱해져서 그럼 변두리
의 어려운 동네에 위치한 학교를 보여달라고 했다.

　학년으로는 중고교의 과정에 해당하는 장애자 교육
기관인 어느 도립 양호학교에서 나는 비로소 이게 정말
잘사는 거로구나! 충격을 받았고, 감동했고, 그리고 열
등감을 느꼈다. 우리의 부유층이 그들의 부유층보다 몇
배 잘살고 또 스포츠로 자주 국위를 선양하고 곧 올림픽
의 개최국까지 된다는 걸 아무리 상기해도 열등감은 덜
어지지 않았다.

　그들이 국민의 세금으로 풍족하게 쓰고 있는 건 우리
와는 질적으로 다른 거였기 때문이다. 그 학교는 넓고
밝고 세심하고, 어떤 종류의 장애자도 불편을 느끼지 않
도록 완벽하게 친절한데도 개선의 노력은 그치지 않고
있었고, 1인 1기를 가르칠 전문적인 시설을 갖추고 있었
고, 장애자를 고용함으로써 세제 혜택을 받고자 하는 기
업체와 연결돼 있어서 졸업생의 장래까지도 책임지고

있었다. 그럼에도 불구하고 학부모들은, 그날이 마침 자
모회(한 학교 학생들의 어머니 모임 – 편집자 주) 날이었는데,
아이들을 더욱 행복하게 해줄 것을 당당하게 요구하고
있었다. 그 시설이 바로 국민 세금으로 된 거니 그럴 수
밖에.

나를 안내해준 이는 머리가 희끗희끗한 마음씨 좋아
보이는 노인이었는데, 어찌나 명랑하고 부지런한지 안
내를 하면서도 아이들하고 장난도 치고 떨어뜨린 걸 줍
고 비뚤어진 걸 바로잡고 하는지라 오래 근무한 소사
(관청, 회사, 학교, 가게 등에 잔심부름을 위해 고용된 사람 – 편
집자 주)인 줄 알았다. 그러나 그분이 바로 교장 선생님
이었다.

아이들과 함께 식당에서 맛있고 풍성한 점심을 먹고
소녀들이 직업교육을 받고 있는 재봉실을 돌아보았다.
뇌성마비 소녀가 네모난 주머니를 하나 재봉틀로 박음
질하는 데 드는 남다른 노력은 눈물겹도록 처절한 것이
었다.

소녀는 그 각고의 대작을 선뜻 나에게 선물로 주었
다. 천사 같은 얼굴이었다. 나는 내 친구 아들의 일그러

지고 그늘진 '병신'다움이 떠올라 가슴이 저렸다. 우리의 정박아가 천사 같지 못한 게 어찌 그 부모 탓만이랴. 우리 모두의, 정말 관심 있어야 할 곳에 대한 무관심, 인간다움보다는 물질적인 것에 대한, 내면보다는 외양에 대한 열광이 남은 능히 천사 같은 인간으로 가꿀 수 있는 장애자를 '병신'으로 방기한 게 아닐까.

나는 그때 선물 받은 걸 지금도 간직하고 있고, 천사의 주머니라고 부르면서 미사포 주머니로 쓰고 있다.

넉넉하다는
말의 소중함

가끔 무엇을 좋아하느냐라든가 누구를 좋아하느냐는 질문을 받을 때가 있다. 대답을 못 하고 난처해하면 먹을 것 중에선 무엇, 정치가 중에선 누구 하는 식으로 범위를 좁혀줘도 대답을 못 하긴 마찬가지다. 싫고 좋고가 자주 변하기 때문이기도 하고 대부분의 대상에 대해 싫고 좋고가 분명하지 않기 때문이기도 하다.

그러나 우리말 중에서 어떤 말을 가장 좋아하느냐고 물으면 서슴지 않고 대는 말이 있는데 그건 '넉넉하다'는 말이다. 나는 '넉넉하다'는 말을 아주 좋아한다. 내가 좋아하는 '넉넉하다'는 말은 아이러니컬하게도 나의 가장 궁핍했던 시절과 관계가 깊다.

6·25동란 중 집안이 망하다시피 해서 단칸방에서 끼니 걱정을 해야 할 때, 그러니까 가장 궁핍하게 살 때 우리 어머니는 이 '넉넉하다'는 말을 거의 남용하다시피 하셨다.

우리뿐 아니라 그때는 이웃이고 친척이고 못사는 사람 천지였다. 모두 굶주리고 헐벗고 잠자리조차 편치 못한 피난 시절이었다. 그러나 어머니는 집에 온 손님을 끼니때 그냥 돌려보내는 일이 없었다. 번연히 우리 먹을 밥도 넉넉지 못한데 어머니는 한사코 넉넉하다면서 손님을 붙들어서 끼니는 때워 보냈다. 또 해 어스름 녘에 온 손님이면 방 넉넉하니 자고 가라고 붙들기가 일쑤였다.

밥도 방도 넉넉할 거 하나 없는데 어머니는 부자처럼 넉넉한 얼굴을 하시고 사람들을 먹여 보내고 재워 보내고 하셨다. 손님이 간 다음 우리는 어머니한테 신경질도 부리고 때로는 울고불고한 적까지 있었다. 그러나 무엇보다도 난처한 건 옷을 살 때였다. 그저 품도 넉넉한 거, 길이도 넉넉한 거, 넉넉한 것만 찾다 보니 꼴이 말이 아니었다.

'흉보면 닮는다'고 나도 내 큰딸이 중학교에 입학했을 때 교복 맞추는 데 따라가서 "좀 넉넉하게 해주세요" 했다가 딸의 눈총을 맞은 일이 있다. 요새 누가 옷을 넉넉하게 입느냐는 거였다. "자라진 않니? 자랄 생각을 해야지." 나는 한사코 '넉넉하다'에 집착하고 딸은 몸이 자라면 그때 가서 또 맞추면 되지 않느냐고 말했다.

요새는 옷 말고는 모든 게 옛날과는 댈 것도 아니게 넉넉해졌다. 옷을 꼭 맞게 입는 것도 실은, 입성(옷, 그리고 옷을 입는 태와 행위 등을 아우르는 말 – 편집자 주)이란 게 무진장 넉넉해졌기 때문일 게다.

그러나 자기보다 못 가진 사람에게 자기 가진 것을 나누어줄 만큼 넉넉해진 사람은 참으로 드물다. 나부터도 6·25 당시에다 대면 지금 사는 게 큰 부자가 된 셈인데도 초대하지 않은 손님에게 차 이상을 대접하려 들지 않는다. 명절에 음식이 남아, 더러 버린 적도 있는데도 못 먹게 되기 전에 누구에게 나누어줄 생각을 못 했다. 못 했다기보다는 그런 일이 번거로워서 하기가 싫었다.

시골서 손님이 와도 묵어가는 게 달갑지 않다. 아이들마다 독방을 쓰는데도 방이 없다고 생각한다. 서울서 볼일이 오래 걸리면 여관을 잡았으면 하고 바라다가 "여관이라도 잡죠" 하고 일어서면 구태여 붙잡지 않는다.

'광에서 인심 난다'는 옛말도 말짱 헛것인 게, 있는 사람일수록 더 인색하다. 넉넉하다는 게 남에게 베풀 수 있는 마음이라면, 요새 부자는 늘어나는지 몰라도 넉넉한 사람은 자꾸만 줄어드는 것 같다.

청소비나 야경비 몇백 원 때문에 동네가 떠나가게 다툰 이악스러운 집, 쓰레기통에 궤짝째 쏟아버린 사과와 통째로 버린 비싼 생선을 본 적도 있다. 남 나무라 무엇하랴. 크고 작고의 차이만 있을 뿐 내 뱃속도 그 쓰레기통과 얼마나 다르랴 싶다.

광에서 인심 나는 게 넉넉한 마음에서 우러나는 것 같다. 가장 궁핍했던 시절을 넉넉한 마음 하나로 가장 부자스럽게 살게 해주신, 그래서 그 시절만 회상하면 저절로 환한 미소가 떠오르게 해주신 어머니가 새삼스럽게 자랑스럽다.

아무리 많아도, 없는 사람에게 나누어줄 생각은커녕 더 빼앗아다가 보탤 생각만 굴뚝같다면 가난뱅이와 무엇이 다를까.

　'넉넉하다'는 후덕한 우리말이 사어가 되지 않기 위해서라도 마음의 부자가 늘어나고 존경받고 사랑받는 세상이 되었으면 좋겠다.

나는 나쁜 사람일까?
좋은 사람일까?

　　　　　　얼마 전 어떤 문학상 심사를 맡은 일이 있다. 주최 측에서 예선 통과한 후보작이 실린 문예지를 보내주겠다고 했다. 열 권 가까이 될 것 같았다. 보내주겠다는 날이 이틀쯤 지나고 나서 용역 회사로부터 전화가 걸려 왔다. 집의 주소랑 위치를 자세히 물어보고 나서 다섯 시쯤 배달이 될 테니 그 시간에 집에 누가 있었으면 좋겠다고 했다. 그러나 저녁을 먹고 나도 책은 도착하지 않았다. 여덟 시가 넘어서 전화가 왔다. 책 받았느냐는 용역 회사로부터의 전화였다. 아직 못 받았다고 했더니 자기가 배달한 본인인데 집에 아무도 없는 것 같아서 경비실에 맡겼노라고 했다. 내가 쭉 지키고 있었는데 아무도 없었다는 것도 이상했지만, 누가 뭘 맡기고 가면 보관하고 있다고 연락하든지 올려다 주는 게 우리 아파트 경비실 아저씨들이 일상적으로 해주는 일이라 암만해도 뭐가 잘못된 것 같았다.

전화를 끊지 말고 기다리라 이르고 경비실로 내려가보았다. 짐작한 대로 맡아놓은 짐은 없었다. 잘못 배달된 게 틀림없었다. 우리 아파트에서 건너다보이는 동네에도 우리 아파트하고 이름이 같은 아파트 단지가 또 하나 있다. 그러나 우리 동네는 방이동이고 그 동네는 오금동이었다. 수취인의 주소만 제대로 알고 있어도 그런 실수를 할 리가 없었다. 어디 사는 누구에게 배달을 해야 하나부터 똑똑히 알고 출발해야 하는 것은 심부름을 맡은 사람이 지켜야 할 기본 원칙 아닌가. 헷갈릴 일이 따로 있지, 오전에 전화로 재확인까지 한 생각을 하면 더군다나 있을 수 없는 착오였다.

나는 아직 끊지 않고 기다리고 있는 직원에게 짐이 배달되지 않은 사실을 알리고 그가 배달했다는 곳을 자세히 캐물어보니 오금동에 있는 이름이 같은 아파트에 배달한 게 틀림이 없었다. 그도 마지못해 동네 이름을 확인 안 하고 아파트 이름만 보고 배달한 실수를 인정했다. 그러나 그가 실수를 인정하는 태도는 나를 매우 불쾌하게 했다. 그 집에 주인만 있었어도 그 자리에서 잘못 배달된 걸 알았을 텐데 마침 부재중이라 그런 실수를 하게 됐다며, 내가 마치 그 부재중인 주인이었던 것처럼 투덜대 마지않더니 나중엔, 자기는 이왕 퇴근을 해서 집에 와 있으니 가까이 사는 내가 가서 찾아오면 어떻겠느냐는 거였다.

두 아파트 단지가 서로 바라보이는 거리에 있는 건 사실이나 우리 집에서 거기까지 가려면 큰길로 나가서 지하도를 대각선으로 건너서 상가 뒷골목 쪽으로 몇 번 꼬부라져야 한다. 20분은 걸리는 거리였다. 가는 건 그렇다 치고 올 때는 열 권 정도의 책을 들고 와야 된다. 이 밤중에, 이 나이에, 요새 문예지는 두껍기는 또 얼마나 두꺼운데.

그때까지 상냥하게 굴던 내 목소리가 걷잡을 수 없이 높아졌다. "지금 누가 누구에게 심부름을 시키고 있는 거냐? 잘못 배달한 걸 알았으면 즉각 시정을 해야 임무가 끝난 것이지, 임무가 안 끝났는데 어떻게 퇴근을 했다고 할 수가 있느냐? 오늘 안에 배달을 해달라. 내가 급해서가 아니라 당신들의 올바른 직업의식을 위해서 다." 대강 이런 소리를 흥분으로 갈라진 째지는 듯한 고음으로 말했다. 그제야 상대방은 좀 풀이 죽은 소리로 알았다고 말하고 전화를 끊었다.

그때가 아홉 시도 안 됐을 때였는데 그 책 꾸러미가 나에게 배달된 시간은 열한 시가 다 돼갈 무렵이었다. 어쩐지 어눌하고 이치에 안 맞게 군다 싶더니, 심부름꾼은 뜻밖에도 소년이었다. 크고 맑은 눈에 원망이 서려 있었다. 얼굴은 15, 16세쯤 돼 보이는데 키가 작아 초등학생처럼 보였다.

"할머니, 해도 정말 너무하십니다. 거기서 여기 오자고 제가 어디에서 온 줄 아십니까."

"하, 학생 집이 어, 어딘데……?"

나는 더듬거리며 물었다. 소년은 지친 시늉으로 한숨을 한 번 길게 쉬어 보이고는 암말 없이 가버렸다.

그의 집은 어디일까? 떨리는 마음으로 일산, 부천, 광명, 구로동, 독산동, 가리봉 등등…… 우리 동네와는 반대 방향의 먼 동네 이름을 두서없이 떠올리느라 붙잡아 교통비라도 보태줄 생각도 못 했다.

그날 밤 나는 잠을 못 잤다. 소년의 뇌리에 생전 잊히지 않는 악의 화신으로 각인돼 있을 내 모습도 내 모습이려니와 구구절절 자신만만하고 이치에 어긋남이 없는 나의 설교조의 고음까지 귀에 쟁쟁하여 진저리가 쳐졌다.

다시 꿈을 꾸고 싶다.
절박한 현실 감각에서 놓여나 꿈을 꿀 수 있었으면 좋겠다.
아직은 꿈을 단념할 만큼 뻣뻣하게 굳은
늙은이가 돼 있다고는 생각하지 않는다.

무심한 듯
명랑한 속삭임

다
지나간다

어느 날부터인가 현관 처마 밑에 생긴 까만 반점이 눈에 거슬리기 시작했다. 현관 처마는 거의 2층 높이여서 의자를 놓고 올라가봐도 그 정체를 확인할 수 없었다. 흰 회칠이 그만큼 벗겨졌다고 생각하면 그만인데 회칠 밑이 그렇게 까말 것 같지가 않았다. 그래서 그렇게 신경이 써졌나 보다. 신경 쓰고 보니까 처음엔 일 원짜리만 하던 점이 며칠 만에 오백 원짜리보다도 더 커지면서 도톰하게 부피를 더하고 있다는 것까지 눈에 들어왔다. 더 자주자주 쳐다본 끝에 그리로 말벌이 모여든다는 것을 알게 되었다. 실은 말벌이 어떻게 생겼는지 정확하게 알고 있는 것도 아니다. 말벌은 가끔 신문에도 나는 벌이다. 등산하다가 말벌에 쏘여 죽은 사람도 있다는 걸 알고 있기 때문에 보통 벌보다 크고 밉게 생긴 벌을 말벌이라고 단정하게 되었고, 그러고 나니 겁이 더럭 났다. 딴 데도 아니고 현관 처마 밑에 그 위험하고 흉측한 것들이 모여들어 무슨 모의를 하는 것일까.

우리 집에 거기에 닿을 만한 긴 막대기는 없었다. 그렇지만 인간의 꾀가 얼마나 간악한데 제까짓 말벌 하나 해코지 못 하겠는가. 나는 마당에 물 줄 때 쓰는, 샤워 꼭지가 달린 긴 호스 끝으로 그곳을 겨냥하고 물을 틀었다. 샤워를 직수로 고쳐놓은 물줄기는 곧장 힘차게 솟으면서 말벌이 모여드는 곳을 공격했다. 이윽고 벽을 타고 흘러내리는 물줄기와 함께 수많은 어린 말벌들이 떠내려오기 시작했다. 세상에, 세상에 어떻게 그 많은 애벌레가 그 안에서 자라고 있었을까. 그건 어쩌면 애벌레가 아닐 수도 있었다. 모기만 한 크기에 날개가 나 있는 듯도 싶었다. 그러나 그것들은 수공을 이기기엔 아직 무력했다. 폭포수에 휩쓸려 날갯짓 한번 못 하고 허무하게 떠내려갔다. 어미 말벌들은 저희들끼리만 어디로 도

7

망쳤는지 보이지 않았다. 애벌레들이 더는 떠내려오지 않게 된 후에도 나는 벌집을 겨냥한 수공을 멈추지 않았다. 이왕 시작한 김에 벌집을 아주 제거해야 후환이 없을 것 같았다. 집요한 수공을 이기지 못하고 드디어 벌집이 처마 밑 천장에서 분리됐다. 그러나 땅으로 떨어진 건 아니었다. 외가닥 전화선만 한 굵기의 선으로 천장과 연결되어 대롱대롱 매달려 있었다. 나는 그 2센티 정도 되는 연결 고리를 겨냥하고 계속해서 강한 물줄기를 뿜어 올리면서 정수리가 화끈거릴 정도의 적의를 느꼈다. 말벌, 그 하찮은 것들이 만든 줄이 그렇게 질길 줄이야. 그 줄 하나로 진저리가 쳐지게 악착같이 천장에 매달려 있었다. 나의 '너 죽고 나 죽자'식의 무분별한 적의는 공포감일 수도 있었다. 결국은 내가 이겼다. 마침내 벌집이 천장으로부터 분리되어 내 발밑으로 떨어졌다. 육각형으로 된 여러 채의 벌집이 붙어 있는 걸 확인하고 나서도 나는 공포감을 이기지 못해 발로 그것을 짓밟아 으깨버렸다. 그리고 내 집에서 말벌을 발본색원했다고 생각했다. 조금도 개운하지 않은 기분 나쁜 승리감으로 나는 한동안 어깨로 숨을 쉬며 허덕댔다. 내 인간 승리는 이렇듯 비참하고 초라했다.

　나는 그날 밤 악몽으로 잠을 이루지 못했다. 내 물 공격을 피해 도망친 어미들은 어찌 되었을까. 그들의 종족 보존의 본능을 모성애로까지 과장하고 싶지는 않았지만 복수심 같은 게 입력돼 있을지도 모른다는 생각이 떠나지 않았다. 이 나이까지 살아오면서 남에게 크게 못할 짓을 한 적은 없다고 생각했는데 과연 그랬을까, 그것도 의심스러웠다. 정말 그랬다고 해도 그건 타고난 소심증이었을 뿐이라고 생각하니 내가 한없이 작고 비루하게 느껴졌다.

　더 기막힐 일은 그다음 날 아침부터 일어났다. 어제 그 자리에 말벌들이 삼삼오오 모여 머리를 맞대고 있어서 벌집이 그냥 있는 것처럼 보였다. 조금 떨어져서 붙어 있는 말벌도 보였다. 그 많은 새끼들을 다 잃고도 왜 그 자리가 명당자리일까, 기가 막혀서 소름이 돋을 것 같았다. 벌집이 있던 자리는 회칠이 벗겨진 건지 그들의 분비물이 그렇게 만든 건지 동전만 한 흔적이 아직도 까맣게 남아 있었다. 물 공격에도 떨어져 나가지 않은 그들의 폐허를 아주 없애기로 작정한 나는 이웃집을 돌아다니면서 기다란 장대를 하나 구할 수 있었다.

그 후 매일 아침저녁으로 장대를 휘둘러 그들을 쫓아 버린다. 쫓아내도 쫓아내도 그들은 한사코 그 검은 폐허 주위로 모여들어 머리를 맞대고 쉬는지 모의를 하는지 한다. 혹시라도 그들이 떠내려간 새끼들을 못 잊고 모여서 같이 슬퍼하고 있을까 봐 두렵다. 그래서 장대를 휘두를 때마다 나는 소리 내어 그들에게 말을 건다. 아니 애걸을 한다.

제발 거기다 집 지을 생각 말고 딴 데로 가봐. 우리 집 뒤쪽이라도 눈감아줄 수 있어. 나 그렇게 모진 사람 아냐. 그렇지만 거기는 현관 처마 밑이잖니. 난 너희들이 무섭단다. 접때 일은 사과할게, 나 좀 이해해주라.

이런 뜻의 말을 마치 속죄하듯이 비굴하게 중얼거린다. 그래도 말벌 식구들은 그 참극의 현장으로 끈질기게 모여든다. 아마 며칠만 장대 공격을 멈추어도 그들은 그자리에 덩그렇게 예전 집을 복구시킬 것이다. 말벌 집의 발본색원이 불가능할 것 같다는 내 근심을 들은 어떤 이웃이 한 꾀를 내주었다. 장대 끝에다 솜방망이를 매달고 거기다가 독한 살충제를 묻혀서 그걸로 말벌의 집터를 반복해서 문질러보라는 것이었다. 무릎을 칠 만한 묘안이었다. 그러나 아직은 실행에 옮기지 않았다. 내가 먼저 말벌을 공격한 것이지, 나는 아직 말벌의 공격을 받은 일이 없다. 내 가까이 날아오지도 않는다. 공연히 지레 겁을 먹고 나에게 하등 위협이 되지 않는 미물을 그렇게 모질고도 과장되게 공격한 것이었다. 돌연한 물 공격으로 그 많은 새끼들을 일시에 몰살시켜놓은 주제에 살충제 공격만은 차마 못할 짓만 같아서 망설이는 것은, 아마도 인간의 전쟁 중에서 어떤 화력이나 파괴력보다도 화생방 무기를 부도덕하게 여기는 문화적 영향인 듯싶다.

그렇다고 내가 살충제를 전혀 안 쓰냐 하면 천만의 말씀이다. 아마 살충제가 없다면 남들이 그럴듯하게 봐주는 전원생활이라는 것을 아예 엄두도 못 냈을 것이다. 말벌이나 파리보다도 작은 곤충일수록 인간에게 적대적이다. 모기도 싫지만 나무들 사이를 날아다니는 하루살이만 한 것들은 도대체 어떻게 알을 낳고 어떻게 번식하는지 실내에 먹다 남은 과일 껍질만 있어도 거기서 솟은 것처럼 순식간에 그런 것들이 꼬인다. 먼지처럼 가볍고 무력해 보이는 것들이지만 그중에는 닿기만 해도 맨살을 두드러기처럼 부풀어 오르게 하는 것도 있고, 오래도록 따끔거리거나 가렵게 하는 것도 있다. 그런 미물들의 출입을 막는 데는 망창도 소용이 없으니 살충제를 뿌려댈 수밖에 없다.

그러면 식물들은 인간에게 우호적인가. 그렇지도 않다. 우리는 곧잘 자연 친화적, 자연식 따위 '자연' 자 붙은 말에 마치 인간이 돌아가야 할 본향 같은 그리움을 느낄 뿐 아니라 지금부터라도 그것을 아낌으로써 여태까지 파괴만 해온 죄과에 대한 속죄의 방편으로 삼으려 한다. 어떤 식물도감을 보면 우리의 산야초치고 인간을 보하지 않는 게 없고 그것을 연구를 잘하면 못 고칠 병이 없는 걸로 되어 있다. 그러나 우리 병에 약이라는 건 그만큼 독이라는 소리도 된다고 생각한다. 병도 우리 몸의 일부니까.

집 앞엔 숲이 있고 동네가 숲에 안긴 것 같은 형상을 하고 있다. 그것 때문에 지금 사는 집을 장만하게 되었다. 그만큼 숲이 주는 위안은 도시 문화권으로부터 한 걸음 물러나 앉은 것 같은 소외감을 다독거려주고도 남는다. 그러나 그 작은 숲이 불안에 떨 적에 보면 그렇게 무서울 수가 없다. 특히 요새처럼 숲이 진녹색으로 두텁게 번들거릴 때 어디서 오는지 모를 수상한 바람이 숲을 흔들 적이 있다. 그럴 때 숲은 온몸에 비늘을 뒤집어쓴 한 마리 거대한 공룡으로 변한다. 중생대의 공룡이 멸종의 예감으로 괴롭게 몸을 뒤채는 모습을 눈앞에서 보는 것은 상상력이 아니라 생생한 현실감이다. 숲의 나무들이 저희들끼리 연대하여 한 마리의 거대한 공룡으로 변신한 걸 보면서 느끼는 공포감이 제발 나만의 것이었으면 좋겠다. 만일 사람들이 함께 그런 것을 느낀다면 어떡하든지 숲을 제거하고 그 자리에다 콘크리트를 치든지 아파트를 짓든지 하고 말 것 같아서이다. 인간은 공포감을 느꼈다 하면 무슨 수를 써서든지 그것을 제거하지 않고는 못 배긴다. 숲이 괴롭게 뒤채는 건 미구에 닥칠 그런 운명을 예감하기 때문이 아닐까.

이렇듯 남들이 말하는 나의 전원생활은 조금도 평화롭지 않다. 내가 여기 정착하려 한 것은 자연 친화적인 삶을 꿈꿨기 때문도 도처에 도사린 불안을 몰라서도 아니었다. 그냥 아파트가 너무 편해서, 온종일 몸 놀릴 일이 너무 없는 게 사육당하는 것처럼 답답해서 나에게 맞는 불편을 선택하고자 했을 뿐이다. 내가 거둬야 할 마당이 나에게 노동하는 불편을 제공해준다.

요새처럼 땅의 생명력이 최고조에 달했을 적엔 하루만 마당을 안 돌봐도 표시가 난다. 나는 마당을 돌보되 가꾼 티 안 나게 아주 자연스럽게 가꾸고 싶다. 내가 자연스러워하는 건 내 유년의 뜰이 그 원본이다. 그래서 주로 봉숭아나 분꽃, 한련, 개미취 따위를 기른다. 첫해는 그런 것들의 씨를 어렵게 구해다 뿌렸었는데 해마다 저절로 나서 이제는 그것들 천지가 되었다. 아침마다 그것들하고 눈 맞추는 재미에 산다고 해도 과언이 아니다. 봉숭아가 한창인 지금에 와서야 나는 말벌들이 봉숭아 꽃에 특히 많이 꼬인다는 걸 알게 되었다. 그래서 그렇게 모진 일을 당하고도 우리 마당을 못 떠났구나, 마치 인간이 범람의 우려를 무릅쓰고 큰 강을 끼고 취락을 발달시켰듯이 말이다.

내 유년의 뜰에도 말벌이 있었을 것이다. 내 유년의 뜰엔 뱀도 살고 땅벌도 살았던 기억이 난다. 그러나 요즈음 나는 행여나 그런 것들이 숨어들까 봐 하루 한 뼘씩 왕성하게 자라는, 담이나 나무 밑의 풀섶을 뽑아주고, 머위나 들깨처럼 저절로 자라는 것들도 웃자라지 못하게 솎아내는 일을 열심히 한다. 그 일은 내 반나절의 노동으로 삼기에 족한 분량이다. 더 일하고 싶으면 가위로 잔디를 깎아주기도 한다. 새벽의 잔디를 깎고 있으면 기막히게 싱그러운 풀 냄새를 맡을 수 있다. 이건 향기가 아니다. 대기에 인간의 숨결이 섞이기 전, 아니면 미처 미치지 못한 그 오지의 순결한 냄새다.

그러나 손가락에 물집이 잡히는 것도 모르고 오래도록 잔디에 가위질을 하는 것은 풀 냄새 때문만은 아니다. 유년의 뜰을 떠난 후 도시에서 보낸, 유년기의 열 곱은 되는 몇십 년 동안에 맛본 인생의 단맛과 쓴맛, 내 몸을 스쳐간 일이라고는 믿어지지 않게 격렬했던 애증과 애환, 허방과 나락, 행운과 기적, 이런 내 인생의 명장면(?)에 반복해서 몰입하다 보면 그렇게 시간이 가버린다.

70년은 끔찍하게 긴 세월이다. 그러나 건져 올릴 수 있는 장면이 고작 반나절 동안에 대여섯 번도 더 연속 상연하고도 시간이 남아도는 분량밖에 안 되다니. 눈물이 날 것 같은 허망감을 시냇물 소리가 다독거려준다.

다행히 집 앞으로 시냇물이 흐르고 있다. 요새 같은 장
마철엔 제법 콸콸 소리를 내고 흐르지만 보통 때는 귀
기울여야 그 졸졸졸 소리를 들을 수 있다. 그 물소리는
마치 "다 지나간다, 모든 건 다 지나가게 돼 있다"라고
속삭이는 것처럼 들린다. 그 무심한 듯 명랑한 속삭임은
어떤 종교의 경전이나 성직자의 설교보다도 더 깊은 위
안과 평화를 준다.

아름다운 것은
무엇을 남길까

건망증이 날로 심해 식구들을 애먹이는 일
이 잦다. 비누·휴지·치약 등 제때제때 갖춰놓아야 할 일
용품을 떨어진 지 며칠이 지나도 사 오기를 잊어버려 식
구들을 불편하게 하거나 공과금 낼 날을 잊어버려 과태
료를 내는 정도는 다반사다. 식구들이 흘려놓은 것 중
좀 중요하다 싶은 건 깊이 챙겨두긴 하는데 정작 필요할
때는 어디 뒀는지 깜깜이 되고 만다. 이젠 아이들이 뭘
찾다가도 엄마가 잘 뒀다는 말만 하면 좋아하기는커녕
숫제 찾던 손을 멈추고 미리 절망적인 얼굴을 한다. 아
이들의 절망적인 얼굴을 보면 나도 덩달아 막막해지면

서 자신이 싫어진다. 왜 잘 챙겼다는 사실은 기억이 나면서 정작 그게 어디라는 건 생각나지 않는지 내 일이건만 참으로 딱하다.

이렇게 최근의 기억이 형편없이 희미해지는 반면 오래된 젊은 날의 기억은 변함없이 생생하고, 어린 날의 기억 중에는 미세한 부분까지 놀랄 만큼 선명하게 떠오르는 것도 있다. 때로는 그게 정말 있었던 일일까, 상상력이 만들어낸 환상일까 의심스러울 적도 있다.

얼마 전 설악산에서의 일이다. 설악산 관광을 위해 간 게 아니라, 강릉까지 볼일이 있어 갔다가 잠깐 들렀었는데 마침 단풍철이었다. 많은 사람들이 설악산 단풍을 절경으로 꼽아 10월 한 달은 설악산이 그 어느 때보다도 사람에게 시달리는 달이지만 그곳 단풍이 그 아름다움의 절정에 이르러 오는 사람이 절로 '앗' 하는 탄성을 지르게 하는 동안은 불과 하루 이틀이라고 누구한텐가 들은 적이 있다. 나는 그때까지 설악산이 네 번째였고 가을에만 세 번째였는데 골짜기마다 다만 '앗' 하는 탄성 외엔 말문이 막히게 황홀했던 건 그때가 처음이었다. 나는 뜻하지 않게 내가 그 짧은 절정의 순간과 만나고 있음을 느꼈다.

땅은 얼마나 위대한가? 일용할 양식과 함께, 그 아름다운 조락凋落을 만들어낸 땅에 겸허하게 엎드려 경배드리고 싶은 충동과 아울러 형언할 수 없는 비애를 느꼈다. 요새 나의 감동은 이상하게도 슬픈 느낌과 상통하고 있다. 하다못해 깔끔하고 입에 맞는 음식을 먹고 나서도 문득 슬퍼진다.

그때였다. 군계일학群鷄一鶴처럼 만산홍엽滿山紅葉 중에서도 뛰어나게 고운 빛깔로 눈길을 끄는 단풍나무가 있었다. 깎아지른 듯한 벼랑에 홀로 비상할 것처럼 활짝 핀 그의 자지러지게 고운 날개엔 마침 석양이 머물고 있었다. 처절했다. 나는 '앗!' 하는 탄성을 안으로 삼키면서 그 빛깔은 바로 어려서 할머니 등에 업혀서 바라본 저녁 노을 빛깔이라고 생각했다. 그러나 그게 실제의 기억인지, 그 순간의 상상인지, 그 두 가지의 혼동인지는 아직까지도 아리송하다.

나는 어려서 대단한 울보였던 모양으로 너무 울어서 어른을 애먹인 에피소드가 다양한데 그중엔 노을이 유난히 붉던 날, 할머니 등에 업혀서 그걸 손가락질하며

몹시 울었다는 얘기도 있다. 등에 업혀 다닐 만큼 어릴
적 일이니까 그걸 보고 왜 울었는지 생각날 리는 없고,
아마 강렬한 빛깔에 대한 공포감이었겠지 정도로 짐작
하고 있었는데 그때 느닷없이 그게 생생하게 되살아난
것이다.

그건 이미 단풍이 아니었다. 고향 마을의 청결한 공
기, 낮고 부드러운 능선, 그 위에 머물러 있던 몇 송이 구
름의 짧고 찬란한 연소의 순간이 거기 있었다.

어쩌면 그건 기억도 상상도, 그 두 가지의 혼동도 아
닌 이해가 아니었을까? 나의 어릴 적의 그 울음은 자연
의 신비에 대한 나의 최초의 감동과 경외였다는 걸 살날
보다 산 날이 훨씬 더 많은 이 초로初老의 나이에 비로소
이해할 수 있게 된 건지도 모르겠다.

이 세상에 태어나서 여태껏 만난 수많은 아름다운 것
들은 나에게 무엇이 되어 어떻게 살 것인가를 공상하게
했지만 살날보다 산 날이 훨씬 더 많은 이 서글픈 나이
엔 어릴 적을 공상한다.

이 서글픈 시기를 그렇게 곱디곱게 채색할 수 있는
것이야말로 내가 만난 아름다운 것들이 남기고 간 축복

이 아닐까?

　예사로운 아름다움도 살날보다 산 날이 많은 어느 시기와 만나면 깜짝 놀랄 빼어남으로 빛날 수 있다는 신기한 발견을 올해의 행운으로 꼽으며 1982년이여 안녕.

나는
누구일까

일전에 용산 쪽에 사는 이가 나를 초대했는데, 그쪽 지리에 어두운 나를 위해 남영역까지 차를 가지고 마중을 나와주겠다고 했다. 시간이 안 맞는 경우 몇 번이라도 역 주변을 돌겠노라고 하면서 차 번호랑 핸드폰 번호까지 일러주었다. 나는 남영역이라는 데는 처음 가보는 데라 어디서 어떻게 갈아타야 되나 전철 노선표를 펴놓고 꼼꼼하게 예습을 하고 나서 떠났다. 요즘처럼 주차 사정이 나쁜 때는 그저 차 얻어 타는 쪽에서 먼저 가 있는 게 수라는 걸 알기 때문에 약속 시간보다 15분가량 먼저 남영역에 도착했다. 나는 만 원짜리 회수권을 쓰는데 그게 그때 마침 다 되어 표는 되돌아 나오지 않았다. 그러나 그게 그렇게 큰일이 될 줄은 그때는 미처 몰랐었다.

약속 시간이 지났는데도 마중 나오기로 한 차는 나타나지 않았다. 한 군데 서 있는 것도 거치적댈 정도로 역 주변의 인도는 좁고도 복잡했다. 20분, 30분이 지나도 차는 나타나지 않았다. 약속이 뭔가 잘못된 모양이었다. 아마 이럴 때 써먹으라고 핸드폰 번호를 알려줬지 싶어 번호를 적어놓은 쪽지를 찾았다. 그 쪽지를 지갑 갈피에 찔러 넣은 생각은 나는데 핸드백 속에 지갑이 없었다. 나는 지갑을 빼놓고 핸드백만 들고 나오기를 잘하지만 소매치기를 당했을 가능성도 아주 배제할 수는 없어서 우선 집에 전화를 걸어봐야 할 것 같았다. 전화카드도 핸드백 속에 없길래 잔돈을 찾았다. 워낙 큰 백이고 안주머니와 겉주머니까지 있는지라 잔돈푼이 숨어 있을 데가 많았다. 그러나 아무리 손을 넣고 휘저어봐도 십 원짜리 한 푼 만져지지 않았다. 시간은 약속 시간에서 거의 한 시간 가까이나 경과하고 있었다.

나는 차를 기다리는 걸 단념하고 남영역사 안으로 들

어가서 계단에 자리 잡고 앉아 본격적으로 핸드백 속을 뒤지기 시작했다. 오랫동안 정리하지 않은 온갖 잡동사니들을 다 쏟아놓고 바닥까지 훑어도 어쩌면 땡전 한 푼 안 나왔다. 복잡한 역사 안에서 내 꼴이 말이 아니었지만 내친김에 수첩 갈피까지 뒤지고 나서 쏟아놓은 것들을 수습했다. 그때까지도 가까운 은행만 찾으면 현금카드로 돈을 찾을 수 있으려니 생각하고 있었다. 그러나 카드도 지갑과 함께라는 데 생각이 미치자 더럭 겁이 났다. 나를 이 낯선 곳에 세워놓고 마중을 나오지 않은 이에 대해서도 분노보다도 걱정이 앞섰다. 지갑도 궁금하고 궁금한 것 천지인데 달아볼 방법이 없었고, 첫째 돈 없이 내 집으로 돌아갈 수 있는 아무런 묘안도 떠오르지 않았다. 만 65세만 넘으면 노인증이나 주민등록증만 보이면 공짜로 대중교통을 이용할 수 있다는 걸 알고 있었지만 나는 돈을 버는 노인이니까 돈 내고 표 사서 다니는 걸 당연하게 여기고 있었다. 그러나 오늘이야말로 그 따위 잘난 척을 할 형편이 아니었다. 공짜 표를 청하러 창구로 가려다 말고 생각하니 노인증은 아예 발급도 안 받았고 주민등록증도 잃어버린 지갑 안에 있으니 이를 어쩔 것인가. 비로소 사태의 심각성이 벼락 치듯 내 맹한 정신을 때렸다.

여기서 우리 집이 도대체 몇 리나 되며, 방향은 어느 방향일까? 여기도 같은 서울 시내일까? 나는 갑자기 남영역 주변이 서울의 어떤 곳과도 닮지 않은 것 같아서, 내가 길을 잃은 게 서울이 아닌 어느 먼 낯선 도시처럼 여겨졌다. 정신이 아득해지면서 여기가 어딘지 알기 위해서, 내가 누구인지 알기 위해서 빨리 집안 식구 누구하고라도 연락이 닿아야 할 것 같았다. 그러나 무슨 수로 전화를 걸 것인가.

남영역 앞 인도에는 전화 부스가 열 개 가까이 늘어서 있었다. 나는 그중에서 현금으로 걸 수 있는 데를 지키고 서서 누군가가 돈을 남겨놓은 채 수화기를 내려놓지 않고 나오는 데가 없나 잔뜩 눈독을 들이고 기다렸다. 그날따라 아무도 거스름돈을 남겨놓지 않았다. 길에 나가면 가끔 나를 알아보고 인사를 하는 독자를 만나게 된다. 돈 남은 공중전화에 대한 기대감이 무너지자 남은 희망은 단 하나, 누가 나를 알아보는 거였다. 나는 다시 역사 안으로 들어가 승객들이 쏟아져 내려오는 계단 밑에 턱 쳐들고 서서 누가 나를 알아보기를 간절히 기다렸다. 누군가가 "박완서 씨 아니세요?" 하고 말을 걸어온다면 그렇다고 하고 나서 500원만 달라고 할 작정이었다. 그러나 아무도 나한테 아는 척을 안 했다. 혼잡한 통로 한가운데 서 있는 나를 모두 귀찮다는 듯 밀치고 지나갈 뿐이었다. 거기서 어딘지 종잡을 수 없는 아득한 마음이 내가 누구인지 모르겠는 더 막막한 무서움증으로 변했다. 도대체 나는 누구란 말인가. 카드나 주민증 없는 나는 이렇게 아무것도 아니란 말인가.

그때 내가 남영역에서 잃은 건 지갑도, 길도 아니라, 명함만 한 주민증이나 카드에 불과한 나 자신이었다. 다행히 역전엔 빈 차가 많이 늘어서 있었다. 선금 없이 집으로 갈 수 있는 유일한 방법, 그러나 나는 선뜻 타지 못하고 기웃대며 카폰car phone이 있는 차를 찾았다. 전화를 통해서라도 내 자식이건 친구건, 아무튼 내가 누구인지 말해줄 수 있는 사람을 찾아내 매달리고 싶었다. 그러기 전엔 그냥 집으로 가봤댔자 집에 아무도 없을 수도, 혼자 문 따고 들어간 집에 돈도 지갑도 없을 수도 있었다. 그건 생각만 해도 끔찍한 일이었다.

생각을
바꾸니

나는 노래를 잘 못한다. 잘 못한다고 하면 조금은 하는 것 같지만, 음정을 못 맞춘다는 자의식이 워낙 강하기 때문에 남 앞에서 노래를 불러본 적이 학교 다닐 때 음악 시험 때 말고는 거의 없었던 것 같다. 노래를 못 부르면 불편한 점이 이루 말할 수가 없이 많다. 예전엔 무슨 모임이 노래자랑으로 이어질 만하면 슬그머니 뒤로 꽁무니를 빼곤 했는데 근래에는 노래방이라는 게 생겨 거기까지 안 따라가면 되기 때문에 그나마 다행이다.

그러나 딱하게도 듣는 음악까지 싫어하는 건 아니어

서 집에서 혼자 음악을 들으며 이 세상에 태어난 걸 행
복해하기도 하고, 산다는 것의 덧없음에 눈물지을 적도
있다. 또 나는 노래를 못한다고 미리 양해를 구하고 따
라가본 노래방이란 데도 신나고 즐거웠다. 잘 부르는 노
래에 장단도 맞춰주고, 박수 치고 즐거워해주기만 해도
구박은 안 받게 된 것은, 세상이 온통 마이크만 잡았다
하면 놓기 싫어하는 사람들 천지가 되고 말았기 때문
일 것이다. 국민 가수라는 소리가 나올 만큼 제각기 자
신 있는 레퍼토리를 음반 한 장 분량은 갖고 있는 터에
뭣 하러 못 부른다는 사람까지 마이크 앞으로 끌어내
겠는가.

　노래방을 좋아한다고까지는 못 해도 노래를 시키면
어쩌나 하는 경계심은 안 품어도 되는 편한 장소로 여
기고 있었는데 일전에 따라가본 노래방은 그게 아니었
다. 어떤 모임 끝에 인사동에서 저녁을 먹고 들어오는
길에 몇 사람이 노래방으로 빠졌는데 나도 거기 끼게 됐
다. 집이 같은 방향이어서 차를 얻어 탈 수 있는 이가 그
쪽으로 붙기에 나도 자연스럽게 그쪽으로 합류하게 된
것이었다. 그러나 그 일행은 내가 노래도 안 하면서 거

기 끼어 앉아 있다는 걸 참을 수 없어 했다. 그렇다고 슬그머니 빠져나오려는 것을 묵인해주는 것도 아니었다. 처음에는 '좀 짓궂은 사람들한테 걸렸구나' 하는 정도로 참아내려고 했는데 점점 집요하게 온갖 수를 다 써가며 남의 자존심을 건드렸다. 그들은 그런 대로 재미가 있을지 몰라도 당하는 쪽에선 고문과 같았다. 나중에는 참다못해 "느네들한테 노래할 자유가 있는데 나한테는 왜 안 할 자유가 없냐?" 하고 외치고 말았다.

너무 진지하게 외쳤던지 나름대로 흥청거리던 분위기가 일순 서먹해지고 말았다. 그제서야 아차, 싶었지만 한번 뱉은 말은 주워 담아지는 게 아니었다. 나는 나의 유치함에 치가 떨려 어쩔 줄을 몰랐다. 그 고약한 기분은 다음 날까지 계속됐다. 7, 80년대를 끽소리 한마디 못 하고 살아남은 주제에 고작 노래방에서 웬 자유씩이나. 그 생각만 하면 창피하고 혐오스러워 닭살이 돋을 것 같았다.

그런 자기혐오는 '나는 왜 노래도 못할까?' 하는 열등감으로 이어져 온종일 우울했다. 그러고 있는데 고등학교 동창한테서 오랜만에 전화가 걸려 왔다. 왜 목소리가 그 모양이냐고 먼저 이쪽의 우울증을 짚어내기에 "나는 왜 노래도 못할까?" 하면서 하소연을 시작했다. 친구는 딱하다는 듯이 "네가 노래까지 잘하면 어떡하게"라고 말하는 게 아닌가. 나는 그 간단한 한마디를 뛸 듯이 반기며, 정말 그렇게 생각하느냐고 재차 확인까지 했다. 기분이 단박 밝아졌다. 노래도 못한다고 생각할 적엔 나 같은 건 이 세상에서 무용지물과 다름없더니, 노래까지 잘하면 어떡하느냐는 소리를 들으니까, 노래만 빼고 내가 잘할 수 있는 게 줄줄이 떠올랐다.

10년 전 참척慘慽을 당하고 가장 힘들었던 일은 '왜 하필 나에게 이런 일이 일어났을까?' 하는 원망을 도저히 지울 수 없는 거였다. 원망스럽기만 한 게 아니라 부끄러움까지 겹쳤다. 저 여자는 무슨 죄를 많이 지었기에 저런 일을 당했을까? 수군거리면서 손가락질들을 하고 있는 것 같았다. 세상이 나만 보고 흉보는 것 같아 두문불출하고 있어도 하늘이 부끄럽고 땅이 부끄러웠다. 슬픔보다 더 견딜 수 없는 게 원망과 치욕감이었다. 하늘도 부끄럽고 땅도 부끄러워 이 세상에서는 도저히 피할 곳이 없으니 차라리 죽고 싶었다.

그때 만난 어떤 수녀님이 이상하다는 듯이 나에게 질문을 던졌다. "왜 당신에게는 그런 일이 일어나면 안 된다고 생각하느냐?"라는 질문이었다. 그래, 내가 뭐관대 누구에게나 있을 수 있는 일을 나에게만은 절대로 그런 일이 일어나면 안 된다고 여긴 것일까. 그거야말로 터무니없는 교만이 아니었을까. 그 수녀님은 아직 서원(그리스도교적인 완전 덕을 쌓으며 살겠다고 스스로 하느님께 약속하는 것 - 편집자 주)도 받기 전인 예비 수녀님이었다. 그러나 학덕 높은 현자보다도, 깨달음의 경지에 다다랐다고 일컬어지는 성직자보다도 더 깊은 가르침을 나에게 주었다. 그건 깊다기보다는 아마 적절한 가르침이었을 것이다.

한마디 말이 천 냥 빚을 갚는다는 말도 있지만 말의 토씨 하나만 바꿔도 세상이 달라지게 할 수도 있다. 손바닥의 앞과 뒤는 한 몸이요 가장 가까운 사이지만 뒤집지 않고는 볼 수 없는 가장 먼 사이이기도 하다. 사고의 전환도 그와 같은 것이 아닐까. 뒤집고 보면 이렇게 쉬운 걸 싶지만, 뒤집기 전엔 구하는 게 멀기만 하다.

행복하게
사는 법

젊은이들 앞에서 늙은이 티를 내기는 싫지만 나이를 먹는 것처럼 누구에게나 공평하게 닥치는 피할 수 없는 운명도 없는 것 같습니다. 그래서 부끄러워할 것도 자랑스러워할 것도 없이 내가 요즘 겪고 있는 노쇠 현상 중의 하나를 솔직하게 털어놓으려고 합니다. 워낙에 초저녁잠이 많고 아침잠이 없는, 소위 아침형 인간에 속했는데 그게 요즘 더 심해져서 아홉 시 뉴스를 보다가 반도 못 보고 잠자리에 듭니다. 그러고는 새벽 네다섯 시만 되면 깨어납니다. 아마 여섯 시간쯤은 꿈 없는 단잠을 자는 것 같습니다.

전에는 그렇게까지 일찍 깨어나지 않았고, 눈 뜨자마자 시계 먼저 보면서 이른 아침이면 시간을 번 것처럼 옳다구나 벌떡 일어나 어제 못다 한 일들을, 주로 원고 쓰는 일이지만, 계속하다가 해 뜨면 마당에 나가 잔디 사이의 잡초 뽑기, 새로 핀 화초하고 눈 맞추기 등 정원 일을 하며 부지런을 떨었습니다. 찾아오는 사람도 걸려오는 전화도 없는 아침 시간엔 머리도 맑아 그 시간을 가장 능률적으로 보람 있게 보낼 수가 있는 걸 은근히 자랑스럽게 여겼지요. 그 시간에 내려서 마시는 원두커피 향은 또 왜 그리 좋은지, 이 맛에 살아, 한낱 커피 향을 가지고 그렇게 외치고 싶기까지 했습니다. 그러나 근래 몇 년 사이에 그 버릇도 많이 바뀌게 되었습니다. 새벽부터 부지런 떠는 일 없이 마냥 자리에 누워 게으름을 피우게 됩니다. 누워서 두서없이 하는 생각은 앞으로의 계획이나 소망이 아니라 주로 지난날의 추억이고, 그중에도 현재의 나에서 가까운 지난날이 아니라 아주 먼 어린 날의 추억입니다. 최근의 일은 어제 일도 잘 기억 못하는 주제에 어릴 적 일은 세세한 것까지 잘 생각이 납니다.

　그래도 다행인 것은 내가 반추하는 건 주로 사랑받은 기억입니다. 문명과는 동떨어진, 농사짓고 길쌈하고 호롱불 켜고 바느질하고 사는 산골 벽촌에서 태어났습니다. 물질적으로 넉넉지 못했을 뿐 아니라 아버지를 일찍 여의었으니, 요샛말로 하면 결손가정이었지요. 부족한 것 천지였습니다. 넉넉한 건 오직 사랑이었습니다. 아무리 생각해도 미움받거나 야단맞은 기억은 없고 칭찬받고 귀염받은 생각밖에 나는 게 없습니다. 그게 이른 새벽 잠 달아난 늙은이 마음을 한없이 행복하게 해줍니다.

　어린 날의 추억이 아무리 달콤하다 해도 기억이 미치는 한도는 대여섯 살까지가 고작이고 젖먹이 때 일이나 그 이전, 태어날 때 처음 본 가족이나 이 세상의 첫인상을 기억하는 사람은 아무도 없을 것입니다. 그러나 나는 그것까지도 기억하고 있다고 생각하는 게 엄마로부터 들은 이야기 때문입니다.

　초등학교 들어가고 나서입니다. 내가 초등학교에 입학한 30년대는 일제 식민지 치하였습니다. 창씨개명은 하기 전이었지만 한문으로 된 우리 이름을 일본식으로 발음해서 불렀습니다. 학교 가기 전에 집에서 꼭 배워

가야 할 것이 자기 성명을 한문으로 쓰는 거였습니다.
선생님이 출석부 부를 때도 물론 그 한문 이름을 일본식
발음으로 바꿔 불렀지요. 1학년 때도 시험 치는 일이 잦
아 시험지에 이름을 쓸 때마다 나는 고민도 되고 짜증도
났습니다. 복잡하고 획수가 많은 내 한자 이름은, 성명
을 기입하라고 마련된 네모난 빈칸을 삐져나오기 십상
이었기 때문입니다. 집에 가서 엄마한테 내 이름이 너무
어렵다고 불평을 늘어놓았더니 엄마가 하시는 말씀이,
나는 밤 열두 시에 태어났는데 여아를 순산했다는 소식
을 들은 할아버지와 아버지 두 분이 그때부터 밤새 머리
를 맞대고 옥편을 찾아가며 지으신 이름이 내 이름이라
는 거였습니다. 그 후 다시는 내 이름에 대한 불평을 안
하게 되었습니다. 불평은커녕 새 생명을 좋은 이름으로
축복해주려고 머리를 맞대고 고민했을 두 남자, 점잖고
엄하기로 집안에서뿐 아니라 마을에서도 알아주는 상
투 튼 할아버지와 젊은 아버지를 떠올리면 내가 이 세상
에 태어날 때부터 존중받고 사랑받았다는 확신이 들었
습니다. 그 시절만 해도 남녀차별을 많이 할 때였습니
다. 특히 시골에서는 더 했습니다. 시골 동무들 중에는

'간난이' '섭섭이' 등 어린 마음에도 아무렇게나 성의 없이 지은 것 같은 이름을 가진 애도 많았습니다. 그런 아이들에 비해 나는 특별한 대접을 받고 태어난 것처럼 느꼈고, 아버지의 얼굴도 모르지만 나는 결코 불쌍하지 않다고 스스로를 위로하고 존중할 수 있는 자부심이 되었습니다.

아버지는 일찍 여의었지만 조부모님과 두 숙부님 내외와 고모까지 한집에서 사는 대가족이었습니다. 사촌이 생기기 전까지 집안에 어린애가 나 하나뿐이어서 귀염도 많이 받았지만 어리광이 심하고 음식을 많이 가리고 누가 조금만 나한테 언짢게 해도 할머니한테 일러바치는 질 나쁜 고자질쟁이였던 것 같습니다. 한번 울기 시작하면 목이 쉴 때까지 그치지 않는 고약한 성질 때문에 애먹은 얘기를 숙모들한테 많이 들었습니다. 그런 나쁜 버릇을 서서히 고쳐준 것도 엄마였다고 생각합니다. 학교 갔다 와서 동무들하고 싸우거나 이지메를 당한 얘기를 하면서 그 동무를 미워하고 욕하면 엄마는 내 역성을 드는 대신, 그러지 말고 그 동무 좋은 점을 한 가지라도 찾아보라고, 며칠이 걸리더라도 그런 마음으로 동무를 대하면 반드시 한두 가지는 좋은 점이 보일 거라고 하셨습니다. 그렇지만 어리광이 몸에 배고, 고자질하기 좋아하는 고약한 버릇에 누구 편도 안 드는 그런 말씀이 먹혀들 리 없었습니다.

그러나 일러바쳐야 소용이 없다는 걸 알게 되고부터 차츰 고자질하는 버릇은 없어지게 되었습니다. 그리고 엄마한테 귀가 따갑게 들은, 남의 좋은 점을 찾아내면 네 속이 편하고 네 얼굴도 예뻐질 거라는 엄마의 잔소리 는 철들고 어른 되어, 엄마한테 그런 소리를 안 듣게 된 후에 오히려 더 자주 생각나고, 어떡하든지 지키고 싶은 생활신조 같은 것이 되었습니다. 그리고 엄마가 나한테 하신 것과 똑같은 잔소리를 내 아이들에게 하게 되었고, 내 성질까지 정말 그런 사람이 된 것처럼 느낄 때가 많 습니다. 남의 좋은 점만 보는 것도 노력과 훈련에 의해 서 얼마든지 가능한 일이라고 단언할 수 있으니 누구나 한번 시험해보기 바랍니다. 남의 좋은 점만 보기 시작하 면 자기에게도 이로운 것이, 그 좋은 점이 확대되어 그 사람이 정말 그렇게 좋은 사람으로 변해간다는 사실입 니다. 믿을 수 없다면 꼭 한번 시험해보기 바랍니다.

옛 성현의 말씀 중에도 이런 게 있습니다. '이 세상 만물 중에 쓸모없는 물건은 없다. 하물며 인간에 있어서 어찌 취할 게 없는 인간이 있겠는가.' 아무 짝에도 쓸모없는 인간이 있다면 그건 아무도 그의 쓸모를 발견해주지 않았기 때문입니다. 발견처럼 보람 있고 즐거운 일도 없습니다. 누구나 다 알아주는 장미의 아름다움을 보고 즐거워하는 것도 좋지만 아무도 거들떠보지 않는 들꽃을 자세히 관찰하고 그 소박하고도 섬세한 아름다움에 감동하는 것은 더 큰 행복감이 될 것입니다.

우리 삶의 궁극의 목표는 행복입니다. 행복하려고 태어났지 불행하려고 태어난 사람은 아무도 없습니다. 누구나 행복하게 살기를 원하지만 각자 선택한 행복에 이르는 길은 제각각 다릅니다. 돈만 많이 벌면 행복해지리라 믿는 사람이 있는가 하면 출세하여 권력자가 되면 행복해지리라 믿는 사람도 있습니다. 그리하여 누구는 돈을 벌기 위해 일상의 사소한 기쁨은 희생하고 일만 하다가 저녁이면 돈을 세는 것으로 하루를 마감합니다. 돈 세는 일은 갈증 난 이가 소금물 마시듯이 잠시의 목마름은 채워줄지 모르지만 곧 더 목말라집니다. 그래서 하루

하루 더 욕심에 쫓기어 휴식을 모릅니다. 권좌에 오르고 싶은 사람도 마찬가지입니다. 권좌라는 사닥다리엔 정상이 없습니다. 설사 나 외엔 윗자리가 없는 정상에 올랐다고 칩시다. 그러면 그 자리를 더 오래 혼자서 누리고 싶은 욕심에 뒤에서 기어오르는 모든 사람을 적대시하고 발길질하며 전전긍긍하게 되겠지요. 미처 정상의 기쁨을 누릴 새도 없이 말입니다.

최고의 부자, 최고의 권력자도 시시하게 여길 수 있는 게 아마도 학문이나 예술일 겁니다. 그러나 미美나 진리의 추구처럼 천부의 재능 없이는 끝이 안 보이는 분야가 없고, 설사 재능이 있다고 하여도 좌절과 절망을 일용할 양식 삼을 각오가 돼 있지 않으면 도전하기 힘든 분야가 그 분야라고 생각합니다. 어떤 전문 분야나 마찬가지입니다.

중고등학교 땐 좋은 대학만 들어가면 성공한 인생을 반쯤 달성한 줄 알지만 세상은 그렇게 만만하지 않습니다. 세상 사람이 알아주는 대학을 나올수록 가족이나 세상 사람의 기대치도 높아집니다. 기대에 못 미칠 때 일류 학벌이 도리어 열등감이 됩니다. 열등감처럼 사람을 불행하게 하는 게 없는데, 그건 그 사람이 처음에 우월감의 맛을 보았기 때문입니다. 으스대는 쾌감을 알기 때문에 아무도 안 알아주는 입장을 참아내지 못하는 겁니다.

부자가 되거나 권세를 잡거나 전문 분야에서 두각을 나타내는 것이 개인의 특별한 능력이듯이 행복해지는 것도 일종의 능력입니다. 그리고 그 능력은 성공한 소수의 천부적 재능과는 달리 우리 인간 모두의 보편적인 능력입니다. 창조주는 우리가 행복하길 바라고 창조하셨고 행복해할 수 있는 조건을 다 갖춰주셨습니다. 나이 먹어가면서 그게 눈에 보이고 실감으로 느껴지는데 그게 연륜이고 나잇값인가 봅니다.

하늘이 낸 것 같은 천재도 성공의 절정에서 세상의 인정이나 갈채를 한 몸에 받는다 해도 그 성취감은 순간이고 그 과정은 길고 고됩니다. 인생도 등산이나 마찬가지로 오르막길은 길고, 절정의 입지는 좁고 누리는 시간도 순간적이니까요. 이왕이면 과정도 행복해야 하지 않을까요. 인생은 결국 과정의 연속일 뿐 결말이 있는 게 아닙니다. 과정을 행복하게 하는 법이 가족이나 친척 친구 이웃 등 만나는 사람과의 인간관계를 원활하게 하는 것입니다.

모든 불행의 원인은 인간관계가 원활치 못하는 데서 비롯됩니다. 내가 남을 미워하면 반드시 그도 나를 미워하게 돼 있습니다. 남이 나를 좋아하지 않는다고, 나는 잘못한 거 없는데 그가 나를 싫어한다고 여기는 불행감의 거의 다는 자신에게 있습니다. 자신이 그를 좋아하지 않고 나쁜 점만 보고 기억했기 때문입니다.

아무에게도 사랑받지 못하는 사람처럼 불쌍한 사람은 없습니다. 그건 곧 사랑을 할 줄 모르는 사람처럼 불쌍한 사람은 없다는 소리와 다름이 없습니다. 처음에도 말했듯이 인간관계 속에서 남의 좋은 점을 발견해 버릇하면 그 사람이 좋은 사람이 되어 나를 행복하게 해주는 기적이 일어납니다. 서로 사랑하게 되는 거지요. 사랑받을 만한 구석이 하나도 없는 사람은 이 세상에 없습니다. 그런 인간을 하느님이 창조하셨을 리가 없습니다.

현재의 인간관계에서뿐 아니라 지나간 날의 추억 중에서도 사랑받은 기억처럼 오래가고 우리를 살맛 나게 하고 행복하게 하는 건 없습니다. 인생이란 과정의 연속일 뿐, 이만하면 됐다 싶은 목적지가 있는 건 아닙니다.

하루하루를 행복하게 사는 게 곧 성공한 인생입니다. 서로 사랑하라고 예수님도 말씀하셨고 김수환 추기경님도 말씀하셨습니다. 그 말씀은 너희들 모두모두 행복하라는 말씀과 다름없을 것입니다.

사랑의 행로

민들레꽃을
선물 받은 날

딸네가 가까이 살아서 외손자를 자주 보게 된다. 매일 봐도 즐거운 것은 매일 달라지기 때문이다. 두 돌이 막 지난 녀석은 요즘 말을 배우느라 한창이다.

일전에는 녀석이 "선물 선물, 민들레 민들레" 하면서 들어오더니 나에게 민들레꽃 한 송이를 주었다. 녀석의 '민들레'란 발음은 독특해서 저절로 웃음이 났다. 또 오랜만에 민들레를 봐서 반갑고, 주위의 인공적인 녹지대에서 민들레가 핀다는 것도 반가웠다.

아주 작은 민들레였다. 나는 그걸 내 옷 단춧구멍에다 꽂았다. 문득 아들애가 중학교에 들어갔을 때의 일이 생각났다. 집에서 너무 먼 변두리 중학에 배정이 돼 아침저녁 만원 버스에 시달리느라 자주 단추를 떼어먹고 왔다. 손자한테 선물 받은 민들레도 꼭 그 교복 단추만 했다. 크기도 빛깔도.

나는 중고등학교의 교복을 별로 좋아하지 않았건만 손자한테 민들레꽃을 받고 나서 그 노란 단추가 반짝이는 교복에 가슴이 아릿한 그리움을 느꼈다. 곧 사라져 갈 것에 대한 애수인지도 모르지만.

손자는 내가 민들레꽃을 단춧구멍에 꽂은 것만 갖고는 흡족하지 않은 모양이었다. 낑낑대더니 그걸 빼서 자꾸만 내 코에다 갖다 댔다. 냄새를 맡으란 소리 같았다. 녀석이 꽃을 보고 좋아할 때마다 가까이 데리고 가 냄새를 맡게 해주었더니 그걸 나에게 다시 갚으려는 것 같았다.

민들레꽃은 워낙 냄새가 없는 것인지, 그 꽃이 빈약해서인지 아무 냄새도 안 났다. 그래도 나는 눈을 가느스름히 뜨고 황홀한 시늉을 했다. 녀석도 나와 이마를 부딪히며 달려들어 같이 꿀 내음을 맡으려고 했다. 하도 열심히 냄새를 맡았더니 풀 내음 비슷한, 깊고 구수한 내음도 풍겨왔다. 아무리 작아도 꿀샘은 있다는 듯이 달짝지근한 내음도 났다. 달짝지근한 것은 어쩌면 나와 이마를 맞댄 손자의 살갗에서 풍겨오는지도 몰랐다.

손자와 함께 맡는 민들레꽃 내음은 참으로 좋았다. 그 조그만 게 피어나기 위해 악착같이 뿌리 내린 흙의 저 깊은 속살의 꿋꿋함과 그 조그만 것까지 골고루 사랑한 봄바람의 어질고 부드러운 마음까지를 맡을 수 있을 것 같았다.

내 외손자로부터 조그만 민들레꽃을 선물 받은 날 창밖의 봄은 참으로 아름다웠다. 햇빛은 반짝이고 공기는 감미로웠고 수양버들은 신선한 녹색으로 푸르러 더할 나위 없이 유연한 몸짓으로 살랑거렸다.

녀석도 기억할까? 만 두 살 적의 어느 황홀한 봄날을. 그의 볼과 머리털에 머물렀던 할미의 눈길을.

손자야, 너는 애써 그것을 기억할 필요는 없으리라.

흔히 외손자를 귀여워하느니 방아깨비를 귀여워하란 말들을 한다. 아무리 귀여워해봤댔자 남他人이란 소리도 되겠고, 혹은 사랑에 비해 돌아올 보답이 없음을 말함이기도 하리라.

그럼 보답이란 뭘까? 살았을 적의 봉양이나 방문일

까. 죽은 후의 봉제사일까.

　나는 이런 보답의 기대로부터 자유로울 수 있는 외손
자 사랑이 좋다.

　손자야, 너는 이 할미가 너에게 쏟은 정성과 사랑을
갚아야 할 은공으로 새겨둘 필요가 없다. 어느 화창한
봄날 어떤 늙은 여자와 함께 단추만 한 민들레꽃 내음을
맡은 일을 기억하고 있을 필요도 없다. 그건 아주 하찮
은 일이다.

　나는 손자에게 쏟는 나의 사랑과 정성이 갚아야 될
은공으로 기억되기보다는 아름다운 정서로 남아 있길
바랄 뿐이다. 나 또한 사랑했을 뿐 손톱만큼도 책임을
느끼지 않았으므로.

　내가 불태운 것만큼의 정열, 내가 잠 못 이룬 밤만큼
의 잠 못 이루는 밤으로 갚아지길 바란 이성과의 사랑,
너무도 두렵고 무거운 책임감에 짓눌려 본능적인 사랑
또한 억제해야 했던 자식 사랑……. 이런 고달픈 사랑의
행로 끝에 도달한, 책임도 없고 그 대신 보답의 기대도
없는 허심한 사랑의 경지는 이 아니 노후의 축복인가.

사랑을
무게로 안 느끼게

평범하게 키우고 있다. 공개해서 남에게 도움이 될 만한 애 기르기의 비결 같은 것도 전연 아는 바 없다. 그저 따뜻이 먹이고 입히고, 밤늦도록 과중한 숙제와 씨름하고 있는 것을 보면, 숙제를 좀 덜 해 가고 대신 선생님께 매를 맞는 게 어떻겠느냐고 심히 비교육적이고 주책없는 권고를 하기도 한다.

일전에 어떤 친구한테 지독한 소리를 들었다.

"너같이 애들을 막 키워서야 이다음에 무슨 낯으로 애들한테 큰소리를 치겠니? 그 흔한 과외 공부 하나 시켜봤니? 딸이 넷씩이나 있는데 피아노나 무용이나 미술 공부 같은 걸 따로 시켜봤니?"

그때 그 친구의 모멸의 시선이 지금 생각해도 따갑다. 아닌게 아니라 내 애들 중 예능 방면의 천재가 있을지도 모르는데 부모를 알량하게 만나 묻혀 있는 게 아닌가 싶은 두려움이 간혹 들긴 하지만 이다음에 '큰소리' 치기 위해 지나친 극성을 떨 생각은 아예 없다.

아이들의 책가방은 무겁다. 그러나 단순히 책가방의 무게만으로 한창 나이의 아이들의 어깨가 그렇게 축 처진 것일까? 부모들의 지나친 사랑, 지나친 극성이 책가방의 몇 배의 무게로 아이들의 어깨를 짓누르고 있는 거나 아닐지.

"내가 너한테 어떤 정성을 들였다구. 아마 들인 돈만도 네 몸무게의 몇 배는 될 거다. 그런데 학교를 떨어져 엄마의 평생소원을 저버려?"

"내가 너를 어떻게 키운 자식인데 장가들자마자 네 계집만 알아. 이 불효막심한 놈아."

이런 큰소리를 안 쳐도 억울하지 않을 만큼, 꼭 그만큼만 아이들을 위하고 사랑하리라는 게 내가 지키고자 하는 절도다. 부모의 보살핌이나 사랑이 결코 무게로 그들에게 느껴지지 않기를, 집이, 부모의 슬하가, 세상에서 가장 편하고 마음 놓이는 곳이기를 바랄 뿐이다.

아이들은 예쁘다. 특히 내 애들은. 아이들에게 과도한 욕심을 안 내고 바라볼수록 예쁘다.

제일 예쁜 건 아이들다운 애다. 그다음은 공부 잘하는 애지만 약은 애는 싫다. 차라리 우직하길 바란다.

활발한 건 좋지만 되바라진 애 또한 싫다.

특히 교육은 따로 못 시켰지만 애들이 자라면서 자연히 음악·미술·문학 같은 걸 이해하고 거기 깊은 애정을 가져주었으면 한다.

커서 만일 부자가 되더라도 자기가 속한 사회의 일반적인 수준에 자기 생활을 조화시킬 양식을 가진 사람이 되기를. 부자가 못 되더라도 검소한 생활을 부끄럽게 여기지 않되 인색하지는 않기를. 아는 것이 많되 아는 것이 코끝에 걸려 있지 않고 내부에 안정되어 있기를. 무던하기를. 멋쟁이이기를.

대강 이런 것들이 내가 내 아이들에게 바라는 사람 됨됨이다.

그렇지만 이런 까다로운 주문을 아이들에게 말로 한

일은 전연 없고 앞으로도 할 것 같지 않다.

다만 깊이 사랑하는 모자 모녀끼리의 눈치로, 어느 날 내가 문득 길에서 어느 여인이 안고 가는 들국화 비슷한 홑겹의 가련한 보랏빛 국화를 속으로 몹시 탐내다가 집으로 돌아와본즉 바로 내 딸이 엄마를 드리고파 샀다면서 똑같은 꽃을 내 방에 꽂아놓고 나를 기다려주었듯이, 그런 신비한 소망의 닮음, 소망의 냄새 맡기로 내 애들이 그렇게 자라주기를 바랄 뿐이다.

할머니와
베보자기

　　　　내가 국민학교 다닐 때는 일제강점기여서
그랬는지 국민학교 4학년부터 수학여행은 어디로 가야
한다는 게 정해져 있었다. 4학년 때는 인천, 5학년 때는
수원, 6학년 때는 개성이었다. 서울서 신촌까지도 기차
타고 다닐 때라 인천 수원 개성이면 가슴 설레는 머나먼
낯선 고장이었다. 그러나 나에겐 개성으로 수학여행 간
다는 게 조금도 가슴 설레는 일이 될 수 없었다. 그렇다
고 결석을 하자니 고향이니까 가기 싫다는 이유가 통할
것 같지 않았다.

　　나를 더욱 우울하게 한 건 할머니가 마중을 나오실까

봐였다.

6학년이 되기 전부터 할머니는 개성으로 완서가 수학여행 오면 떡 해가지고 역까지 마중 나오실 것을 벼르고 계시다는 걸 알고 있었기 때문이다. 수학여행 날짜가 정해지자 어머니가 할머니께 편지까지 올렸으니 마중 나오실 건 틀림이 없었다.

개성역에 내리자 아이들은 왁자지껄 신기한 듯 주위의 풍경을 구경하느라 두리번거렸지만 나는 고개를 푹 숙이고 땅만 보고 있었다.

할머니가 나를 찾다 찾다 못 찾으시고 돌아가시길 바랐다.

고만고만한 200여 명의 아이들 중에서 식구의 얼굴을 찾아내기란 영악한 도시 사람도 어려운 일인데 할머니는 개성서 20리나 떨어진 두메의 촌부였다.

내가 모르는 척하면 십중팔구는 못 찾고 헛걸음을 하실 거라고 생각했다.

선생님이 호루라기를 불어서 우리들을 모았다. 우리는 개성역 전 광장에 네 줄로 정렬했다. 그때도 나는 앞에 선 아이의 뒤통수만 보고 한눈 한번 안 팔았다.

이때였다. 어디서 "완서야, 완서야" 하고 부르는 할머니의 목소리가 들렸다.

나는 가슴이 울렁거리고 얼굴이 홍당무가 됐다. 그러나 마음 모질게 먹고 나서지 않았다. 학교에 입학하고부터 곧 이름을 일본 말로 고쳐 부를 때라 '완서'가 내 이름이라고 선뜻 알 만한 아이가 없었다.

더군다나 선생님은 일본 사람이었다. 나는 어서어서 선생님이 우리들을 이끌고 어디론지 가주기만을 기다렸다.

그러나 우리가 떠나기 전에 할머니는 마침내 내 이름을 일본 말로 부르시는 것이었다.

"보꾸엔쇼야, 보꾸엔쇼야."

그것은 아마 할머니가 입에 담으신 최초의 일본 말이자 마지막 일본 말이었으리라. 그러니 그 발음이 오죽했겠는가.

어린 마음에도 할머니가 부르시는 소리는 목놓아 울고 싶도록 슬프게 들렸다. 아무도 할머니의 그 괴상한 발음이 내 이름이란 걸 알아듣기 전에 나는 슬픔과 미움과 사랑이 뒤죽박죽된 견딜 수 없이 절박한 마음으로 할머니한테로 뛰어갔다.

할머니는 베보자기에 싼 커다란 보따리를 이고 계셨고, 뻣뻣하게 풀 먹인 당목 치마저고리를 입고 계셨다.

나는 할머니의 촌스러움이 창피해서 할머니하고 같이 땅속으로 꺼질 수 있는 거라면 당장 꺼져버리고 싶었다.

그러나 할머니는 눈치도 없이 나를 안고 "아이고 내 새끼, 차멀미를 했나? 얼굴이 왜 이렇게 축 갔을꼬" 하시면서 볼을 비벼대셨다. 그러고는 어느 틈에 우리 주위에 삥 둘러선 아이들이 보는 앞에서 베보자기에 싼 것을 끄르셨다. 베보자기 속엔 세 개의 작은 보따리가 따로따로 들어 있었다.

할머니는 그중 하나를 끌러 송편을 꺼내 내 입에 넣어주려고 하셨다. 나는 꼭 다문 입을 닷 발이나 내밀고 도리머리를 흔들었다.

그러나 그걸로 일이 끝난 건 아니었다. 할머니는 세 개의 보따리를 다시 베보자기에 싸서 나에게 주시면서 한 보따리는 선생님 드리고, 한 보따리는 아이들하고 나눠 먹고, 한 보따리는 서울 가지고 가서 식구들하고 먹으라고 신신당부하셨다.

우리 행렬은 곧 움직이기 시작했다. 할머니는 당신 걸음이 예전 같잖아서 우리를 끝까지 못 따라다니는 것을 한탄하시면서 그 자리에서 나를 놓아주셨다.

그러나 베보자기에 싼 것은 별수 없이 내 차지가 되었다.

그때 나는 그게 무거워서 할머니가 원망스럽기도 했지만, 베보자기와 할머니의 당목치마가 그렇게 창피할 수가 없었다.

참으로 우울한 수학여행이었다.

나는 그 베보자기에 싼 송편을 선생님에게는 물론 친구들에게도 나누어 주지 않고 그냥 끌고 다니다가 집까지 끌고 왔다.

깔끔하고 냉랭한 일본인 여선생에게 베보자기에 싼 조선 떡을 준다는 건 나로서는 상상도 할 수 없는 일이었다. 친구들한테도 그냥 무조건 창피하기만 했다.

할머니는 그 전날 아마 밤잠을 못 주무시고 송편을 빚으셨을 테고, 새벽에 쪄서 정갈한 베보자기에 싸서 이고 아침나절에 20리 길을 걸으셨으리라.

이제 와서 회한이 가슴에 사무친들 무엇하리오. 그분

이 돌아가신 지는 벌써 30년을 넘어 헤아린다.

나는 요새 남들이 거의 안 쓰는 베보자기를 여러모로 애용하고 있다.

음식을 덮어놓기도 하고 만두소나 제육을 거기에 싸서 누르기도 하고 약식이나 빵을 찔 때 깔고 찌기도 한다. 음식에 닿는 섬유는 베가 아니면 딱 질색이다.

그 정결하고 시원하고 성깔 있고 소박한 섬유가 그렇게 좋을 수가 없다.

그렇다고 그때 할머니한테 저지른 나의 불효가 갚아지기야 하랴만, 그 섬유가 할머니의 손길만큼이나 좋은 걸 어쩌랴.

달구경

　　　　　달 밝은 밤 손자를 데리고 고수부지에 나
갔었다. 가족 동반으로 많은 사람들이 강가에서 가을밤
을 즐기고 있었다. 산책, 달음질, 공놀이 등 가벼운 운동
을 하는 사람들도 있었지만 돗자리를 깔아놓고 온 가족
이 둘러앉아 가스버너에 고기를 구우면서 저녁 식사를
하는 가족도 심심찮게 눈에 띄었다.

　도시락을 싸가지고 와서 먹는 건 몰라도 고기 굽고
찌개 끓이는 건 삼갔으면 싶은 게 솔직한 심정이었다.
우리가 겨우 허기진 배를 채우기 위한 식사에서 식도락
을 즐길 수 있을 만큼 풍요로워진 게 사실이라면 고기

냄새는 부엌과 식당에서만 맡을 수 있어야 하지 않을까. 산과 계곡, 강가에서까지 산바람 강바람 대신 고기 냄새를 쐬어야 한다는 건 풍요롭긴커녕 궁상스러워 보였다.

날이 어두워지면서 다리 위를 밝히는 가로등 불빛이 강물에 투영되어 아름다운 불기둥처럼 흐느적대고, 다리 위를 달리는 차들이 앞뒤로 내쏘는 불빛은 화려한 빛의 강물이 되어 쏜살같이 흐르는 게 볼만했다. 어느 틈에 둥근 달이 멀리 아파트 단지 옥상에서 둥실 떠올랐건만 인공의 불에 눈이 팔려 아무도 달구경을 하는 것 같진 않았다.

나는 손자에게라도 달구경을 시켜주고 싶어 몇 번이나 달을 가리키며 달, 달, 하면서 녀석의 관심을 끌려 했지만 흘긋 한 번 쳐다보고는 내 몸을 빠져나가 제 마음대로 넓은 풀밭을 달음질하며 딴 아이들을 따라 덩달아 깔깔 환성을 지르곤 했다. 그건 또 그것대로 보기 좋았기 때문에 나도 달구경 대신 아이들 구경에 팔려 있는데, 손자가 나한테 뛰어오더니 이렇게 말했다.

"할머니, 왜 달이 나만 따라다녀?"

나는 대답 대신 녀석을 와락 끌어안았다. 나는 내 가

습으로 녀석의 건강한 가슴의 고동을 느꼈다. 그때 나는 녀석의 할미가 아니라 녀석의 친구였다. 녀석은 아마 뛰어다니면서 흘긋흘긋 달을 쳐다본 모양이다. 나의 달에 대한 최초의 기억도 달이 나만 따라다닌다는 놀라움에서부터 비롯된다.

어릴 적, 해 질 무렵까지 읍내에 가신 할아버지나 어머니가 안 돌아오시면 조금씩 조금씩 마중을 나간다는 게 동구 밖까지 이를 적이 있었다. 가장 행복한 건 동구 밖에 이르기 전 산모퉁이에서 고대하던 어른과 맞닥뜨리는 일이었지만 그런 일은 어쩌다가 있었다. 마치 우리의 인생행로에 요행보다는 불의의 재난이, 기쁨보다는 슬픔이, 즐거운 날보다는 쓸쓸한 날이 더 많듯이.

날이 어둑어둑 저무는데도 기다리는 어른은 안 오시고 별안간 무서운 생각이 들어 동네를 향해 달음질칠 때 물빛 하늘에 달이 떠 있어 나를 따라오면 그렇게 위안이 될 수가 없었다. 저 달은 내가 천천히 걸으면 천천히 따라오고 달음박질치면 같이 뛰고 일부러 걸음을 멈추면 저도 느티나무 가지에 걸렸건 동산 위에 떴건 꼼짝 않고 그 자리에 서 있다.

그 최초의 인식이야말로 자연과의 교감의 시작이 아니었을까. 달이 나를 따라다닌다는 걸 알고부터는 내가 쓸쓸할 때는 달도 쓸쓸한 얼굴을 하고 있는 것처럼, 내가 기쁠 때는 달도 기쁜 얼굴을 하고 있는 것처럼 보였다. 고향 집을 떠나 처음 서울에 와서 산동네 빈촌에서 마음 붙일 곳이 없었을 때 달이 서울까지 나를 따라왔다는 걸 발견하고는 얼마나 놀라고 반가웠던가.

그래서 우리처럼 나이 먹은 사람에겐 달을 보고 고향이나 그리운 사람을 생각하는 건 극히 자연스러운 정서지만 요새 자라나는 아이들은 앞으로 어떨는지 모르겠다.

그날 밤 손자의 말은, 동심은 예전이나 지금이나 변함이 없다는 걸 확인시켜주었지만 그 달구경을 녀석이 얼마나 오래 기억할지는 의문이다. 달보다 휘황한 게 너무 많은 밤이었다.

사랑의
입김

　　　　　　　　외손자가 요새 한창 말을 배우기 시작하고
있다. '짹짹' '멍멍' '야옹' 등 의성어 먼저 하더니 '물' '콩'
'강' 등 외자 소리도 곧잘 한다. 요전엔 마루에서 뛰다가
의자 모서리에 이마를 부딪혔다. 울상을 하고 나에게 와
서 얼굴을 들이대면서 '약약' 한다. 무릎이 까졌을 때 약
을 발라준 생각이 나나 보다. 나는 부딪친 자리를 쓱쓱
비벼만 주고 약은 안 발라도 되겠다고 일러주었다. 알아
들었는지 못 알아들었는지 물러가지 않고 계속 뭔가를
요구하는데, 이번엔 '약' 소리 대신 입을 오므리고 '호오,
호오' 하는 것이었다. 다치거나 물것에게 물린 자리에

약을 발라줄 때 하는 것이다.

다치거나 물것에게 물린 자리에 약을 발라줄 때마다 '호오, 호오' 하면서 상처에 입김을 불어줬었는데 그것이라도 해달라는 것 같았다. 나도 웃으며 녀석의 얼굴을 끌어당겨 이마에 정성껏 '호오'를 해주었다. 녀석은 눈까지 스르르 감으면서 그렇게 마음 놓이고 느긋한 표정을 지을 수가 없었다. 나도 웃음이 절로 났다.

나의 어릴 적도 마찬가지였다. 꽤 클 때까지도 할머니와 어머니의 입김에 의지했던 것 같다. 시골에서 자라서인지 어릴 적에 넘어지기도 잘하고 다치기도 잘했지만 그 흔한 머큐로크롬(국소적 소독약. 2% 수용액은 '빨간약'으로 흔히 불린다. – 편집자 주) 한번 못 발라봤다. 넘어져서 무릎이 까지든, 싸워서 얼굴에 손톱자국이 나든 할머니와 어머니의 처방은 마음으로부터 안쓰러워하면서 그저 입김을 '호오, 호오' 불어주시는 게 고작이었다. 정 피가 많이 나면 무명 헝겊을 북 찢어서 상처에 감싸주시면서도 '호오, 호오' 입김을 불어주셨고, 붕대 위로도 가끔가끔 입김을 불어주시면서 아픔을 위로하고 아울러 탈 없이 치유가 되길 빌어주셨다. 할머니나 어머니의 따뜻한 입김에 상처를 내맡겼을 때, 어린 마음을 푸근히 충족시켜주던 평화로움은 이 나이가 되도록 잊혀지지 않는다. 잊혀지지 않을뿐더러 나도 모르게 내 손자에게 같은 짓을 반복했었고, 손자도 그것을 좋아하는 것 같다.

'호오, 호오' 어린 마음에 할머니나 어머니의 입김이 와닿기는 비단 다쳐서 아파할 때만이 아니었다. 화롯불에 파묻어 말랑말랑 익힌 감자나 밤을 꺼내 껍질을 벗겨주시면서도 '호오, 호오' 입김을 불어 알맞게 식혀주셨고, 끓는 국이나 찌개도 그렇게 식혀주셨다. 먹고 싶은 걸 참느라 침을 꼴깍 삼키면서 그분들의 입을 지켜보면서 어린 마음속엔 그분들에 대한 신뢰감이 싹텄었다.

어찌 상처나 뜨거운 먹을 것에만 그분들의 입김이 서렸었을까? 그분들의 입김은 온 집 안에 서렸었다. 학교 갔다가 집에 돌아왔을 때 간혹 어머니가 집에 안 계시면 그것을 대문간에 들어서자마자 알아맞힐 수가 있었다. 집 안 전체가 썰렁했다. 썰렁하다는 건 실제의 기온氣溫과는 상관없는 순전히 마음의 느낌이었고 이 마음의 느낌은 한 번도 어긋난 적이 없었다.

학교에서 먹는 도시락에도 어머니의 입김은 서려 있

었고, 입고 다니는 옷에도 어머니의 입김은 서려 있었다. 나는 그때 '다꾸앙(일본식 단무지를 이르던 말 – 편집자 주)'이나 달고 끈적끈적해 보이는 멸치볶음, 콩자반 등등 반찬 가게에서 만들어 파는 도시락 찬만 가지고 다니는 아이를 속으로 무척 불쌍하게 여기고 나중엔 경멸하는 마음까지 품었던 게 지금까지 생각난다. 어머니의 입김이 들어가지 않은 걸 허구한 날 먹는 아이가 마치 헐벗은 아이처럼 보였던 것이다.

어린 날, 내가 누렸던 평화를 생각할 때마다 어린 날의 커다란 상처로부터 일용할 양식, 필요한 물건, 입고 다니던 입성, 그리고 식구들 사이, 집 안 속 가득히 고루스며 있던 어머니의 입김, 그 따스한 숨결이 어제인 듯 되살아난다. 그것을 빼놓은 평화란 상상도 할 수 없다. 싸우지 않고 다투지 않고 슬퍼하지 않은 어린 날이 어디 있으랴. 다만 그런 일이 어머니의 입김 속에서 이루어졌기 때문에 행복과 평화로 회상되는 게 아닐까?

그러고 보니 내 자식들이나 내 손자들이 훗날 그들의 어린 날을 어떻게 기억할지 문득 궁금하고 한편 조심스러워진다. 나보다는 내 자식들이, 내 자식들보다는 내 손자들이 따뜻한 입김의 덕을 덜 보고 자라는 게 아닌가 싶다. 그건 부모의 허물만도 아닌 것이, 아이들에게 필요한 모든 것이 구태여 입김을 거칠 필요 없이 대량으로 생산되기 때문이다. 아이들을 가르치는 법까지도 매스컴이나 그 밖의 정보를 통해 대량으로 전달되기 때문에 집집마다 대대로 물려 오는 입김이 서린 가풍家風마저 소멸해가고 있다.

아이들은 어머니의 입김이 서리지 않은 음식을 먹고도 배부르고, 어머니의 입김이 서리지 않은 옷을 입고도 등이 따뜻하고 예쁘다.

다쳐서 피 났을 때 입김보다는 충분한 소독과 적당한 약이 더 좋다는 것도 잘 알고 있다. 그러나 어머니의 입김이 서리지 않은 집에서도 컬러텔레비전과 냉장고 속에 먹을 것만 있다면 허전한 걸 모르는 아이들이 많아져 가고 있다면 문제가 아닐 수 없다. 그런 아이는 처음부터 입김이 주는 살아 있는 평화를 모르는 아이일지도 모르기 때문이다. 입김이란 곧 살아 있는 표시인 숨결이고, 사랑이 아닐까? 싸우지 않고 미워하지 않고 심심해하지 않는 게 평화가 아니라 그런 일이 입김 속에서, 즉 사랑 속에서 될 수 있는 대로 활발하게 일어나는 게 평화가 아닐는지.

교양 있는 부모님들에 의해 잘 다스려지는 가정일수록 입김이 희박해지는 게 아쉽다. 세상이 아무리 달라져도 사랑이 없는 곳에 평화가 있다는 건 억지밖에 안 되리라. 숨결이 없는 곳에 생명이 있다면 억지인 것처럼.

내 기억의
창고

여행이나 소풍을 갈 때 카메라를 안 가지
고 다닌 지는 아마 10년도 더 될 것이다. 찍는 것이 시들
해지면서 사진을 분류해 앨범에 붙이는 일도 안 하게 되
었다. 그래도 여행이나 친·인척의 경사, 문단 행사, 시상
식 같은 모임에서 찍힌 사진은 꼬박꼬박 챙겨 보내주는
고마운 이들이 많고, 또 내 자식들 중에도 가족 모임 때
뿐 아니라 에미가 새 옷을 입거나 마당에 꽃만 피어도
카메라를 들이대고 싶어 하는 애가 있는지라, 그동안 모
아만 놓고 정리 안 한 사진들이 커다란 서랍장을 두 칸
이나 차지하게 되었다. 한 번 보고 나서 무심히 들어뜨

린 게 그렇게 되고 말았으니 필요한 사진을 찾아내는 것은 엄두도 못 낼 정도로 뒤죽박죽인 건 말할 것도 없다. 저것들을 언젠가는 내 손으로 정리해야 할 것 같은 생각만으로도 골치가 지끈지끈 아파왔다.

동년배의 친구한테 들은 얘긴데, 근래에 사진을 몽땅 불태웠더니 그렇게 개운할 수가 없다고 했다. 찍기도 좋아하고 찍히기도 좋아하던 친구였다. 남는 건 사진밖에 없다는 게 그 친구의 입버릇이었는지라 그 친구의 결단이 장난이 아니라 비장하게 들렸다. 아닌 게 아니라 그런 예사롭지 않은 결단을 내린 계기를 듣고 보니 여간 쓸쓸한 일이 아니었다. 칠순에 자식들이 유럽 여행을 보내줘서 기쁘게 다녀오면서 생전에 그런 먼 여행을 다시는 할 것 같지 않아서 사진을 원 없이 많이 찍었다고 했다. 그걸 집에 와 풀어놓고 하나하나 설명을 해도 아무도 귓등으로도 안 듣는 것 같더라는 것이었다. 며느리는 그래도 마지못해 들여다보는 척이라도 하는데 아들 손자는 하품만 하고 제대로 눈길 한번 안 주더라고 했다. 어차피 다 두고 죽을 걸, 남긴 물건이 요긴하게 쓰이건 천덕꾸러기가 되건 이승의 물건에 대해 저승에서 이래

라저래라 할 일이 못 되나 사진만큼은 자식들이 귀찮아
할 것을 생각만 해도 서럽고 괘씸해서 제 손으로 없애기
로 작정하고 그대로 행했다고 했다. 그래도 자기가 죽고
난 뒤에 자식들이 당황할 것만은 안 하고 싶어 영정사진
으로 쓸 만한 거 몇 장은 남겼다니, 참으로 못 말릴 내리
사랑이 아닌가.

　나는 아직 그렇게까지 내 자식들을 시험해볼 기회는
못 가졌지만 사진이 하도 흔하다 보니 잘 나왔거나 기념
될 만한 내 사진도 한 번 보면 그만이지 다시 보며 신통
해한 일이 별로 없는데 어떻게 자식들이 귀하게 여겨주
길 바라겠는가. 그렇게 사진들을 대단치 않게 여기면서
도 내 사후에 내 사진들이 자식들에게 부담이 되거나 구
박받을 것을 생각하면 딴 유물이 천덕꾸러기가 되는 것
보다 훨씬 마음이 짠하니 언짢다. 그래서 내 손으로 없
앨 것은 없애고 남길 것은 남겨서 일목요연하게 분류를
해놓아야지 하고 벼르기만 하다가 며칠 전 큰마음 먹고
그 일에 착수했고 꼬박 이틀이나 걸려서 대강 정리를 하
게 되었다. 정리하는 데 이틀이나 걸린 건 뒤죽박죽된
사진의 양이 그렇게 많았다기보다는 내 일손이 워낙 굼

뜨고 더딘 탓도 있고, 이런 일도 있었나? 어머머, 내 옆에서 이렇게 환하게 웃고 있는 이 사람이 지금은 이 세상 사람이 아니잖아, 하며 지난 한순간에 고정된 그림을 보며 아파하기도 하고 위로받기도 하느라 그렇게 시간이 걸렸나 보다.

그중에도 지금은 다 커버린 손자들의 어린 모습을 보는 것은 이 따분한 일에 뜻밖의 즐거움이 되었다. 이런 사진은 내가 끼고 있을 게 아니라 에미들에게 돌려주어 좀더 알뜰하게 보관하도록 해야지 하면서 분류를 하다 말고 나는 기본 사이즈밖에 안 되는 한 장의 작은 사진에 떨리는 마음으로 이끌렸다. 내가 어린 손녀하고 마주 앉아 그림책을 들여다보고 있는 사진이었다. 두 사람 사이에 펼쳐놓은 그림책의 소나무와 사자 그림까지 선명했지만 구도는 엉망이어서, 엎드린 손녀 뒤로는 불필요한 공간이 많이 남아 있는 반면 내 엉덩이는 반쯤 잘려 있었다. 둘 다 옆얼굴만 나와 있고 손녀는 오렌지색 털실 머리카락이 보글보글한 커다란 인형을 나일론 보자기로 들쳐 업고 있었다. 코가 납작하고 이마가 톡 튀어나오고 피부가 흰 손녀의 얼굴은 천사가 내려앉은 것처럼 천진하고 귀엽다. 아마 세 살 때쯤일 것이다.

　마주 엎드려 그림책을 보고 있는 할머니와 손녀가 있는 사진은 당연히 아름답고 평화롭다. 그런데 왜 아름다움에는 비애가 뒤따르는 걸까. 나는 그 사진을 보면서 넋을 잃고 생각에 잠겼다. 그 애는 지금 초등학교 6학년이다. 훌쩍 커서 아름다운 소녀가 되었다. 지금도 예쁘지만 어릴 적 그 아이의 귀여움엔 비길 데 없는 광채 같은 게 있다. 그 아이는 내가 아들을 잃고 난 후 1년 안에 태어난 외손녀다. 아들을 잃었을 때, 내 여생에 다시는 근심도 기쁨도 없을 줄 알았다. 그러나 장대 같은 아들을 잃은 지옥 같은 고통에 지쳤을 때 겨우 콩꼬투리만한 새 생명이 기적처럼 나에게 왔다. 그 새 생명을 처음 대면했을 때 나는 온몸이 떨리는 듯한 기쁨을 맛보았다. 나에게 기쁨을 느낄 수 있는 감수성이 남아 있으리라고는 예상 못 한 일이었다. 다행히 그 애를 낳은 딸네가 가까이 살고 있어서 나는 하루도 빠지지 않고 그 애가 자라는 걸 지켜볼 수 있었다. 비로소 마음 붙일 곳이 생긴 것이다.

　근심도 기쁨도 없이 목석처럼 살아낼 수 있으리라고

믿은 건 거짓말이었다. 입으로는 살고 싶지 않다고 하면서도 얼마나 살고 싶었으면 그 작은 생명에게 마음을 붙이고 울고 웃고 하였을까. 그 애의 생명력이 눈부시다면 내 생명력은 또 얼마나 징그러운가. 나는 딴 손자들이 눈치채지 않도록 조심조심 그 애를 얼마나 편애했던가. 그건 손자 사랑이라기보다는 마음 붙일 수 있는 걸 찾아내어 놓치고 싶지 않은 자기애가 아니었을까. 그 한 장의 사진은 잊고 지내던 당시의 태산 같은 고통과 함께 온갖 자질구레한 기쁨과 슬픔을 불러내어 나를 부끄럽게도, 하염없게도 한다.

내 기억의 창고도 정리 안 한 사진 더미 같은 것인지도 모르겠다. 그건 뒤죽박죽이고 어둠 속에 방치되어 있고 나라는 촉수가 닿지 않으면 영원히 무의미한 것들이다. 그중에는 나 자신도 판독 불가능한 것이 있지만 나라는 촉수가 닿기를 기다렸다는 듯이 빛을 발하는 것들이 있다. 아무리 어두운 기억도 세월이 연마한 고통에는 광채가 따르는 법이다. 또한 행복의 절정처럼 빛나는 순간도 그걸 예비한 건 불길한 운명이었다는 게 빤히 보여서 소스라치게 되는 것도 묵은 사진첩을 이르집기 두려운 까닭이다. 당시에는 안 보이던 사물의 이중성과 명암, 비의秘意가 드러나는 것이야말로 묵은 사진첩을 뒤지다가 느닷없이 맞닥뜨리게 되는 공포이자 전율이다. 나라는 촉수는 바로 현실이라는 시점이 아닐까. 이미 지나간 영상을 불러내서 상상력의 입김을 불어넣고 남의 관심까지 끌고 싶은 기억에의 애착이야말로 나의 글쓰기의 원동력이자 한계 같은 것이 아닐까, 요즈음 문득문득 생각한다.

새해
소망

또 한 살 먹는구나. 설이 심란하다가도 몰라보게 자랐을 손자들 조카들 세배 받을 생각을 하면 슬며시 웃음이 난다. 어렸을 적에 늙은 사람을 보면 저렇게 늙어서도 사는 재미가 있을까 의심했었는데 사는 재미란 죽는 날까지도 있게 마련인가 보다.

키가 우쩍 자랐을 손자녀를 보는 것도 대견하지만 1년 내내 못 보던 친척 조카, 고손, 종손 들의 나이를 물어보고 덕담을 늘어놓는 것도 설의 빼놓을 수 없는 낙이다.

네가 벌써 열아홉 살이라구? 그럼 금년에 또 그놈의 예비고산지 뭔지 봐가지고 대학에 가야겠구나? 벌써

봤다구? 오라, 일곱 살에 들어간 게로구나. 내가 무심했구나. 그래, 어떻게 본 게야? 서울대학 갈 만큼은 봤다구? 공부를 그렇게 잘했어? 조런 신통할 데가 있나. 느이 집 경사 났구나. 그러니까 300점은 넘어 받았단 소리지? 아니라구? 그럼? 뭐 서울에 있는 대학에 갈 만큼은 받았다구? 조런 녀석이 늙은일 놀리네. 그래, 잘 봤다. 느이 집이 서울이니 서울에서 다니면 됐지 뭐. 아무튼 느이 집에 경사 났다.

젊은 애들을 데리고 이렇게 말장난만 해도 즐겁다. 학교가 뭔지, 워낙 교육열이 센 민족이라선지 아이들을 보면 우선 학교 인사가 앞선다. 각급 학교로 진학하지 않으면 진급을 하게 되는 아이들한테 성적도 묻고 앞으로의 포부도 묻곤 한다. 젊다는 것만으로 다 예쁘고 잘 생겨 보이지만 공부를 잘하는 것으로 알려진 아이는 더 예뻐 보여 그 부모에게까지 치하를 하게 된다.

그러고 나면 학교 걱정이 이미 끝난 처녀 총각이 남게 된다. 올해는 결혼해야지. 애인은 있구? 이렇게 묻다 보면 내가 생각해도 걱정도 팔자다 싶다. 그리고 요새 청소년과 젊은이들의 문제를 입시와 결혼으로 간단하게 요약해버리려는 우리 세대의 사고방식과 상상력의 빈곤에 문득 혐오감 같은 걸 느끼게 된다. 우리가 이럴 때야 당하는 젊은이는 얼마나 진저리가 날까 싶기도 하다.

올해는 그런 상투적인 수작은 생략하고 잘 먹이고 저희끼리 실컷 떠들게 하고 나중에 세뱃돈이나 듬뿍 주어 보낼까 보다. 이렇게 별러도 보지만 그것도 내 주머니 사정을 고려할 때 별로 믿을 만하지가 못하다.

우리 아이들이 어렸을 때 우리 시어머니는 설날에 아이들 키를 재시는 게 큰 낙이셨다. 때때옷(알록달록하게 정성 들여 만든 아이 옷 - 편집자 주)을 차려입은 아이들을 엄숙한 얼굴로 하나하나 불러 기둥 앞에 세우시곤 막대기 같은 걸로 정수리를 가볍게 누르고 송곳으로 기둥에다 금을 그으셨다. 그러고는 작년 이맘때 낸 금과 대보면서 아이구 한 뼘은 자랐네, 또는 한 치(약 3.03센티미터 - 편집자 주)는 자랐구나 하셨다. 밥은 잘 안 먹고 주전부리만 하더니, 여봐라, 닷 분도 못 자랐잖냐? 하고 야단을 치시기도 했다. 할머니한테 이런 야단을 맞은 아이는 그날 떡국부터 많이 먹어야 했고 주전부리할 때마다 눈치를 봐야 했다.

20년을 넘어 산 한옥을 팔고 이사할 때는 막내까지 대학에 들어가고 할머니도 돌아가신 후였으니 설에 키를 재는 행사가 필요 없어진 지도 오래였다. 그러나 우리 식구는 다 같이 그 무수한 눈금이 새겨진 그 기둥과의 결별을 아쉬워하고 기둥만 살짝 빼 갈 수 없을까 엉뚱한 생각을 하기도 했다.

올해부터 나도 세배 오는 손자들 키나 재볼까. 해마다 키를 재보고 잘 먹고 무병해서 키가 많이 자란 놈을 칭찬해주는 할머니가 성적부터 묻고 안달을 하는 할머니보다 훨씬 귀여울 것 같다. 젊은이가 들으면 어느새 망령 났다고 할지 모르지만 이왕이면 귀엽게 늙고 싶은 게 새해 소망이다.

환하고도 슬픈 얼굴

성차별을
주제로 한
자서전

내가 태어나서 일곱 살까지 살던 시골집은 뒷간이 집 옆을 지나는 개울 건너에 있었다. '뒷간과 사돈집은 멀수록 좋다'는 원칙을 철저히 지킨 셈이었다. 물론 며느리들도 당시로서는 꽤나 먼 고장인 서울, 파주, 공주 등지에서 맞아들였었다.

할아버지께서 그 먼 뒷간에 갔다 오시다가 넘어지신 게 그저 실수가 아니라 중풍이어서 별안간 집안이 발칵 뒤집혔던 게 어릴 적의 가장 큰 사건으로 남아 있다.

그보다 앞서 아버지가 급환으로 돌아가셨지만 세 살 적 일이어서 전혀 생각나지 않는다. 아버지의 급환은 전해지는 증세로 봐서 맹장염이 분명한데 벽촌이라 침 맞고 푸닥거리하다가 달구지로 읍내로 싣고 갔을 때는 이미 때가 늦어 허망하게 돌아가셨다고 한다.

맏며느리이자 서울 며느리인 어머니는 그게 철천지한이 되어 자식만은 어떻게 하든 서울에서 공부를 시켜야겠다고 시부모님의 허락도 없이 오빠를 데리고 서울로 가신 후였다. 촌살림을 주관해야 하는 종부로서 대단한 용기였지만 당시의 어른들로선 용서할 수 없이 괘씸한 방자요 부덕이었다.

그래서 어려서부터 어른들이 어머니를 헐뜯는 소리와 서울서 지지리 고생을 하다가 초라한 몰골로 돌아오길 바라는 소리를 자주 들었다. 어른들이 말하는 서울이란 눈 감으면 코 베어 가는 끔찍한 고장이었으므로 나는 어머니가 나까지 데려가길 바라기보다는 나만 시골에 남겨둔 걸 여간 다행스러워하지 않았다.

타관으로의 출입이 잦은 할아버지의 두루마기 자락에선 늘 딴 고장의 바람 냄새가 묻어 있어 어린 계집애의 가슴을 울렁거리게 했다.

그런 할아버지가 중풍으로 왼쪽을 못 쓰게 되시어 사

랑방에만 계시게 된 후부터 집안이 우울해졌다. 나는 저녁때면 우두커니 동구 밖을 바라보며 사랑에 계신 할아버지의 흰 두루마기 자락을 청승맞게 기다리곤 했다.

정정하실 적의 할아버지는 타관에서 돌아오실 때마다 사탕 봉지를 빠뜨린 적이 없으셨다. 아버지 밑으로 두 숙부님이 다 결혼해서 한집에 살고 있었지만 그때까지 아이가 없어 나는 집안의 귀여움을 독차지하고 있었고, 사탕 봉지는 내 차지였다. 색색마다 눈깔사탕의 감미는 엿의 찐득하고 탁한 감미와는 달리 혀가 사르르 녹아날 듯이 순수했다.

출입을 못 하게 된 할아버지는 매일 큰 소리로 역정만 내시더니 사랑에다 서당을 차리셨다. 인근 동네의 머슴아들이 꽤 많이 모여들어 서당은 성황을 이루었다. 나는 바깥마당으로 난 사랑마루를 오르락내리락하면서 글 읽는 소리를 흉내 내기도 하고 회초리 맞는 머슴아를 놀려주기도 했다.

하루는 할아버지께서 나를 사랑으로 불러들이시더니 천자문을 내주시었다. 나도 서당의 학생이 된 것이었다. 서당에서 유일한 계집애였을 뿐 아니라 가장 어렸다. 서당엔 학령이라는 게 따로 없었으므로 머슴아들의 나이는 차이가 많았다. 가장 가까운 소학교가 20리 길이어서 학교 가는 대신 서당에 온 코흘리개부터 장가까지 든 껑충한 신랑도 있었다.

나는 달달달 외는 것은 선수여서 그중에서 뛰어났다. 할아버지는 매우 만족해하셨고, 머슴아들은 엄한 스승의 손녀인 나에게 아부를 일삼았기 때문에 나도 한껏 교만해졌다. 그 애들에게 업어달라기도 하고 함부로 잔심부름을 시키기도 했다. 나보다 몇 배 덩치가 큰 머슴아들이 나의 부당한 명령에 굽신굽신 순종하는 게 나는 그렇게 즐거울 수가 없었다.

천자문을 떼고 책거리로 떡까지 해 먹은 지 며칠 안 되어서 서울 가신 어머니가 처음으로 돌아오셨다. 서울에서 지지리 고생이나 하다가 잔뜩 주눅이 들어서 돌아오길 기대한 어머니는 고생한 티는 완연했지만 주눅은 들지 않고 너무도 당당했다. 어머니와 어른들 사이에선 가끔 큰소리까지 오갔다. 어머니는 나까지 서울로 데려다 공부를 시키겠다는 것이었고 어른들은 천부당만부당하다는 듯이 처음엔 숫제 상대도 안 하려 들었다.

그러나 어머니가 고집을 꺾을 것 같지 않다는 걸 차츰 깨닫기 시작한 어른들은 "너 환장을 해도 단단히 했구나, 계집앨 서울까지 데려다 공부를 시키겠다고? 너 뭘 해서 돈을 그렇게 많이 벌었냐? 아서라 아서! 동네에 우세스러운 소문날까 겁난다" 이렇게 막말로 나오기 시작했다. 할아버지께서도 네가 공부 공부 안 해도 걔는 벌써 천자문 떼고 동몽선습(조선시대 서당에서 천자문 다음으로 사용하던 초등 교재 – 편집자 주) 배우는 중이라고 점잖게 나무라셨다.

"그게 어디 공부시키는 겁니까? 재롱 보시는 거죠. 전 걔도 공부를 시키고 싶어요."

어머니가 이렇게 말에 답을 하자 집안이 얼마나 발칵 뒤집혔었나를 어머니는 지금까지도 가끔 이야기하신다.

어머니는 어머니의 결심이 얼마나 확고부동하다는 걸 시위라도 하려는 듯이 어느 날 내 머리를 빗겨주는 척하다가 싹둑 잘라 단발머리를 만들어버렸다. 그때까지 내 머리는 빨간 헝겊을 넣고 가닥가닥 땋아 내리는 종종머리였다. 그 시절의 단발머리는 뒷머리를 뒤통수까지 높이 잡아 올리고 그 자리를 하얗게 면도질하는 것이어서 나는 뒷거울을 보고 기절초풍하고 말았다. 어머니는 서울 아이들은 다 그런 머리를 하고 깡총한 내리닫이(1930년대에 원피스를 부르던 말 – 편집자 주) 입고 학교 다닌다고 나를 위로했지만 그때 그 시골의 안목으로는 너무도 기상천외의 머리였다.

그때까지도 나는 어머니를 따라 서울 가고 싶기도 하고 말고 싶기도 했었는데 머리가 그 모양이 되고 보니 서울로 갈 수밖에 없다는 쪽으로 체념하게 되었다. 그 머리는 흉하기도 했지만 뒤가 허전해서 나는 집 안에서 꼼짝을 못 했다. 물론 서당에도 못 나왔다.

드디어 어느 날 어머니와 나는 할아버지께 하직 인사를 드리러 사랑에 들어왔다. 서당 아이들이 오기 전 이른 아침이었다.

"흥, 뒤에도 얼굴이 하나 더 있구나. 꼴 보기 싫다. 어서 가라."

할아버지는 이렇게 씹어뱉듯이 말씀하시고 쌈지에서 오십 전짜리 동전을 하나 꺼내 내 앞에 던지셨다. 데구르르 구르는 보오얀 은전을 엎드려 주우면서 맛본 이상한 슬픔은 지금까지도 잊히지 않는다. 그건 어쩌면 재롱부리는 시절과 하직하는 슬픔이었는지도 모르겠다.

할머니가 우리 모녀를 동구 밖까지 배웅해주시면서 하신 말씀도 "매정한 것, 우리 늙은이들 슬하에 단 하나 남은 재롱까지 빼앗아 가는구나"였다. 할아버지가 나에게 천자문을 가르친 건 계집애도 배워야 한다는 새로운 생각에서가 아니라 다만 재롱을 즐기기 위해서였음을 실토하신 셈이었다.

서울역에 내려서 가장 반가웠던 건 모든 아이들이 다 나처럼 뒤통수에도 얼굴이 달린 것 같은 머리를 하고 있는 거였다. 그렇지만 내가 보기에도 나의 시골뜨기 티는 너무도 완연해서 나는 잔뜩 주눅이 들었다. 또 어머니가 세 들어 살고 있는 현저동 꼭대기의 허술한 초가집 문간방도 나에게 큰 실망을 안겨주었다.

어머니는 그 문간방에서 바느질품을 팔면서 근근이 살고 계셨다. 나는 집에 가고 싶다고 칭얼대기 시작했다. 처음엔 1전에 다섯 개씩 하는 알사탕으로 달래주시던 어머니가 나중엔 아주 간곡하게 타이르셨다.

"넌 서울에서 학교 다니고 공부 많이 해서 신여성이 돼야 한다. 그게 엄마의 소원이란다."

　신여성이란 말을 할 때 어머니의 태도는 엄숙하고도 진지했으므로 나는 덩달아 엄청난 사명감 같은 걸 느꼈다. 나도 그걸 내가 도무지 감당할 수 있을 것 같지가 않았지만 어머니의 태도가 간곡해서 차마 못 하겠다고도 못 했다.

　"신여성이 뭔데?"

　"신여성은 머리를 쪽 찌지 않고 히사시까미(비녀 없이 머리 뒤쪽을 둥글게 마무리하는 머리 모양 – 편집자 주) 하고, 치마는 짧은 통치마로 입고, 버선 대신 살색 비단 양말 신고, 고무신 대신 뾰족구두 신고, 한도바꾸(핸드백 – 편집자 주) 들고 다닌단다."

　"학교 안 가면 그렇게 못 하나?"

　"신여성이란 또 공부를 많이 해서 이 세상 이치에 대해 남자들처럼 모르는 게 없고, 마음먹은 건 뭐든지 마음대로 할 수 있는 여자란다."

　나는 물론 그게 무슨 뜻인지 알아듣지 못했다. 그러나 어머니가 그걸 얼마나 간절히 바라고 있다는 것만은 알 수가 있어서 차마 싫다고는 못 했다.

　그때 어머니는 온종일 남의 삯바느질을 하셨기 때문

에 나는 그 곁에서 헝겊을 가지고 쏙닥거리기도 하고 홈
질 감침질의 흉내를 내기도 했다. 처음엔 반듯하고 일정
하게 홈질, 박음질을 해서 꼴을 만드는 법을 가르쳐주시
던 어머니가 내가 그걸 점점 잘하게 되자 공부를 잘해서
신여성 될 생각은 안 하고 바느질을 왜 배우려 드느냐고
별안간 벌컥 화를 내시면서 내 소일거리를 몽땅 빼앗아
가셨다.

신여성, 신여성 그저 말끝마다 신여성이었다. 그러나
그때 겨우 여덟 살밖에 안 된 내가 그 신여성 속에 농축
된 한 많은 구식 여자의 꿈을 이해할 수 있었을 리 만무
하다.

그 후 어머니는 나에게 한글을 가르치셨다. 지금이니
까 한글이지 그때 어머니는 그걸 언문이라고 하셨고 그
글이 얼마나 배우기 쉬울뿐더러 대수롭지 않다는 걸 이
렇게 말씀하셨다.

"언문은 세종대왕이라는 아주 어지신 임금님이 뒷간
에서 뒤보시다가 문설주를 보고 생각해내신 글씨란다.
새로 만드는 데도 똥 누는 시간밖에 안 걸린 쉬운 글이

니까 누구든지 하룻밤에 깨친단다."

임금님이 뒤보시는 동안에 만든 글이란 어머니의 말씀이 한글에 대한 얼마나 얼토당토않은 큰 오해였다는 걸 안 건 그 후 오랜 세월이 흘러 해방을 맞고 나서였다.

국민학교에 들어갈 준비로 한글 말고도 일본 가나도 배웠다. 어머니는 가나를 어디서 익혔는지 그걸 가르쳐주실 때는 한결 더 으스대시는 것 같았다. 그러나 나는 가나를 읽고 쓰는 걸 단박 배웠지만 한글을 익히는 데는 상당히 오랜 시간이 걸렸다.

한글을 깨치고 나자 어머니는 나에게 시골에 계신 조부모님께 편지를 쓰게 했다. 편지는 처음부터 끝까지 어머니가 불러주셨다.

그때 나는 할아버지 할머니께 하고 싶은 말이 참 많았다. 시골집의 뒤란이 절절하게 그리웠고, 할아버지의 손발처럼 했던 잔심부름은 누가 하고 있나도 궁금했다.

그러나 어머니의 편지투는 그런 나의 감정을 개입시킬 틈이 도무지 없는 견고한 것이었다. 어머니가 불러주시는 말뜻을 못 알아들어서 되물어도 편지는 그렇게 쓰는 법이라는 해답밖에 들을 수가 없었다. 또 당시의 우리 형편으론 집에 동화책 한 권 있을 리가 없었으므로 내가 깨친 최초의 글로써 내가 할 수 있는 건 어렵기만 한 거짓말을 꾸며댄 편지 쓰기가 고작이었다.

그건 적지 아니 불행한 일이었다. 물론 그 시기가 한글이 박해받던 일제시대란 탓도 있었겠지만 나는 그 후 한글을 읽고 쓰는 데 대한 흥미를 잃었을 뿐만 아니라 국민학교에 들어가 한글을 아는 애가 거의 없다는 걸 알고부터는 내가 한글을 알고 있다는 걸 촌티처럼 창피하게 여기게까지 되었다.

그릇된 이해의 시작은 글에 대해서뿐이 아니었다. 성性에 대한 이해도 잘못 시작된 게 그 무렵이었다. 나는 그 전에도 내가 계집애라는 걸 알고 있었고, 나하고 신체의 일부가 다르게 생긴 아이가 사내아이라는 것도 알고 있었다. 또 계집애는 자라서 엄마가 되며 주로 집안일을 하고, 사내아이는 자라서 아버지가 되며 주로 힘든 바깥일을 한다는 남자 여자의 구실의 차이도 알고 있었다.

그러나 시골의 조부님도 서울의 어머니도 여자는 남자에게 어떻게 해야 된다는 여자다움이라는 것에 대해 가르쳐주신 일은 없었다. 할아버지가 나에게 한문을 가르치신 게 사내아이들에게처럼 학문으로서가 아니라 재롱으로서였다는 어머니의 지적은 제법 날카로운 것이었지만 어디까지나 어른들끼리의 반목에서 오고 간 말이었을 뿐 내 알 바가 아니었다.

내가 여자다움이란 것에 대해 배울 기회는 돌연히 그리고 우연히 왔고 그건 내 생애에서 가장 충격적인 사건으로 지금까지도 내 기억 속에 극명하게 낙인찍혀 있다.

어느 날, 나는 대문 밖 땅바닥에서 혼자 석필(글씨 쓰고 그림 그리는 데 사용하는 도구 – 편집자 주) 장난을 하고 있었다. 그 무렵 나는 어머니를 졸라 어렵게 동전 한 닢을 얻어 가지면 곧장 구멍가게로 가서 석필을 사곤 했다.

석필은 연필처럼 깎을 필요도 없고 부러지지도 않아 연필보다 편하고 신기했으며 종이가 따로 필요 없어 경제적이기도 했다. 나는 온종일 석필로 히사시까미 하고 핸드백 들고 뾰족구두 신은 여자를 그리고 또 그렸다. 그것은 당시의 신여성상이었고 내가 이왕 서울에 온 이상 어떻게 하든 도달해야 할 최고의 이상이었다.

그때 어디서 허약하고 더럽고 못생긴 사내아이가 나타나 비실비실 웃으면서 내 그림을 보는 것까지는 참아주었는데, 그 녀석이 무슨 생각에선지 바지를 까내리고 내 그림 위에 오줌을 갈기는 것이 아닌가.

나는 화가 났지만 그 녀석이 겁나진 않았다. 그 녀석은 동네에서 가장 만만한 비실이였다. 늘 같은 또래들한테 얻어맞고 놀림받고 징징 울기 잘하는 울보였다. 내가 먼저 그 녀석한테 욕을 했다. 그 녀석은 성기를 들먹이는 쌍소리로 대꾸했다. 나는 참을 수가 없어서 온몸으로 그 사내아이한테로 덤벼들어 때리고 할퀴었다. 그 녀석의 뺨에 두 줄기의 손톱자국이 났다. 그 녀석의 힘은 보잘것없고 또 겁쟁이여서 변변히 맞서보지도 않고 울기부터 하면서 엄마를 부르면서 집으로 들어갔다.

나는 녀석의 엄마도 겁날 게 없었다. 자초지종을 얘기하기 위해 되레 가슴을 펴고 녀석의 엄마를 기다렸다. 녀석의 엄마도 처음엔 또 얻어맞고 들어왔느냐는 식으로 마지못해 끌려 나오다가 자기 아들을 때린 게 계집애인 걸 알자 당장 험악한 얼굴이 되어 펄쩍 뛰기 시작했다.

"이 지지리 못난 새끼야, 얻어맞다 얻어맞다 이젠 계집애한테까지 얻어맞고 꼴 조오타. 계집애한테 얻어맞으려면 진작 죽어라, 죽어."

이런 악담을 폭포수처럼 퍼붓고도 분에 못 이겨 나한테로 덤벼들더니 내 양손을 붙들어다가 뒤로 꼼짝 못 하게 결박을 짓고 아들한테 어서 나를 때리라고 명령했다.

"자아, 실컷 때려라. 실컷 때려. 사내 녀석이 오죽 못났어야 계집애한테 얻어맞고 우냐, 울긴."

그 녀석이 나를 때릴 때마다 그 엄마는 이렇게 장단을 맞췄다. 나는 있는 힘을 다해 그 아이가 잘못했다고 울부짖었지만 소용없는 일이었다. 그동안에 누가 일렀는지 우리 어머니가 나오셔서 나는 그 무서운 엄마의 결박으로부터 놓여날 수 있었지만 어머니의 태도는 더욱 나를 당혹스럽게 했다.

어머니만은 잘잘못을 가려주실 줄 알았는데 그게 아니었다. 그 엄마한테 공손하게 사과 먼저 하시고 나를 호되게 나무라시는 것이었다. 어머니 역시 내가 왜 그 아이를 때렸나보다는 계집애가 감히 사내아이한테 대들었다는 걸 더 중요하게 여기셨다.

나는 경우 바른 어머니만은 우리가 왜 싸웠나와 잘잘못에 대해 바르게 알고 싶어 하실 줄 알았다. 그러나 내 설명은 집에서도 받아들여지지 않았다. 다만 계집애가 그렇게 사나워서 무엇에 쓰냐는 걱정만 하셨다.

여자라는 게 모든 잘잘못 이전의 더 큰 잘못이 된다는 걸 나는 이해할 수도 참을 수도 없었다. 저지른 잘못이 아닌 태어난 잘못에 나는 도저히 승복할 수가 없었다.

그때 나는 그 사건의 잘잘못을 설명하기를 단념하자 너무 분해서 온몸으로 난동을 부리다가 종당엔 경기까지 하고 말았다. 그러나 경기 끝에 기진한 나의 머리맡에서 어머니의 한숨 섞인 걱정도 역시 계집애 성질이 저렇게 고약해서 장차 팔자가 드셀까 봐 걱정이라고, 역시 계집애 한탄이었다.

어머니가 딸에게 건 최고의 기대인 신여성은 당시로선 가장 팔자 사나운 여자들이었다. 그러면서도 딸이 팔자 사나울까 봐 두려워했던 어머니의 모순은 지금 생각해도 우습고 슬프다.

우습지만 않고 슬프기까지 한 것은 그 후 반백 년이 흐르고 세상도 많이 변해 신여성이란 말뜻을 아무도 알아듣지 못하고, 해방된 여성이란 말조차 진부하게 들릴 만큼 여성의 지위가 향상된 오늘날, 내가 내 딸에게 우리 어머니가 나에게 한 것과 조금도 다르지 않은 모순을 범하고 있기 때문이다.

나는 내 딸을 공부시키면서, 여자라고 건성으로 간판이나 따려고 공부하지 말고 공부란 걸 전문화해서 평생토록 일을 가질 것을 귀 아프게 강조해왔다. 여자도 일을 통해 경제적으로 독립하지 않고는 남녀평등이란 한낱 구호나 환상에 지나지 않는다는 소신 때문이었다.

딸 중엔 남자도 하기 힘든 전문직을 가진 애도 생겨났다. 그러나 그 딸이 평생 그 일을 하기 위해선 얼마나 어려운 고비를 수도 없이 넘겨야 할지 생각만 해도 안쓰럽다. 여자가 결혼하고도 일을 갖기가 얼마나 어려운 일인지 큰딸 때의 경험으로 뼈저리게 깨달았기 때문이다.

큰딸도 좋은 직업을 갖고 있으면서 결혼했다. 그 직장에선 결혼한 여자는 사직해야 된다는 야만적인 규칙 같은 건 없었지만 임신하고 출산이 임박하자 사직을 안 할 수가 없었다. 아이를 누가 기르느냐가 문제였다. 시댁은 시골이고 아무리 생각해도 나 아니면 길러줄 사람이 없었다.

딸의 일을 위해서 내 일을 희생하느냐 마느냐로 나는

심각하게 고민했다. 가정을 가진 여자가 일을 갖기 위해서 딴 여자를 하나 희생시켜야 한다는 걸 뒤늦게 깨달은 느낌은 매우 맥 빠지고 낭패스러운 것이었다. 결국 나는 나의 일이 희생당하지 않기 위해 여자는 뭐니 뭐니 해도 가정을 잘 지키고 아이 잘 기르는 게 가장 행복한 삶이라는 쪽으로 그 문제를 해결했다.

나와 나의 어머니의 딸에 대한 모순된 생각은 매우 비슷하다. 그렇지만 나의 어머니와 내가 딸을 기르는 가르침에 있어서 똑같은 헛수고를 했다고 생각하진 않는다.

자신의 삶을 통해 체험한 여자이기에 감수해야 했던 온갖 억울한 차별 대우를 딸에게만은 물려주지 않으려는 어머니들의 진지한 노력과 간절한 소망에 의해 여성들의 지위가 더디지만 조금씩이라도 나아가고 있는 게 아닐까.

뛰어난
이야기꾼이고
싶다

문학이란 무엇인가? 그중에서도 소설이란 무엇인가에 대한 아무도 용훼容喙를 불허하는 완벽한 정의를 하나 가지고 있고 싶어서 조바심한 적이 있다. 그 시기는 내가 소설을 쓰고 나서 훨씬 후였으니까 어처구니없게도 나는 소설이 뭔지도 모르고 소설부터 썼다는 걸 숨길 수가 없게 된다.

소설이 뭔지도 모르고 소설가 소리 먼저 듣게 돼버린 황망함 때문엔지 나는 그런 정의를 무슨 신분증처럼 지니고 안심하려 들었던 것 같다. 행여 누가 내가 소설가인지 아닌지 시험하려 들거나 진짜인지 가짜인지 의심하려는 눈치만 보이면 여봐란 듯이 꺼내 보이기 위한 거였기 때문에 그 정의는 권위 있고 엄숙한 것일수록 좋았다. 소설이 뭔지도 모르고 소설부터 쓰고 본 주제에 내가 소설가라는 게 그렇게 소중하고 대견스러웠다. 그건 지금도 마찬가지다. 소설가 중에서 뛰어난 소설가야 물론 우러러보이기도 하고 부럽기도 하지만 소설가 외의 딴 직업이나 신분을 부러워해본 적은 없다.

아직도 비록 신분증은 못 얻어 가졌지만 '나는 소설가다'라는 자각 하나로 제아무리 강한 세도가나, 내로라 하는 잘난 사람 앞에서도 힘 안 들이고 기죽을 거 없이 당당할 수 있고, 제아무리 보잘것없는 바닥 못난이들하고 어울려도 내가 한 치도 더 잘난 거 없으니 이 아니 유쾌한가.

소설에 대한 엄숙한 정의를 하나 얻어 가지고 싶어 조바심한 무렵 비로소 나는 남들은 소설에 대해 뭐라고 말했는가에 솔깃하니 관심을 가지기 시작했고 난해한 문학론 같은 것도 열심히 읽기 시작했는데, 이것도 저것도 옳은 소리 같았다. 하다못해 소설은 이런 거여야 한다, 아니다 저런 거여야 한다고 싸우는 소리에도 흥미진

진하게 귀를 기울였다. 지조 없게도 양쪽이 다 옳은 소리 같았다. 그리고 곧 그런 일에 싫증이 나고 말았다. 소설에 엄숙한 정의를 내리지 못해 조바심하던 시기는 그렇게 지나갔다.

나의 어렸을 적, 어머니는 참으로 뛰어난 이야기꾼이셨다. 무작정 상경한 삼모자녀三母子女가 차린 최초의 서울 살림은 필시 곤궁하고 을씨년스러운 것이었을 텐데도 지극히 행복하고 충만한 시절로 회상된다.

어머니는 밤늦도록 바느질품을 파시고 나는 그 옆 반닫이 위에 오도카니 올라앉아서 이야기를 졸랐었다. 어머니는 무궁무진한 이야기를 가지고 있었을뿐더러 이야기의 효능까지도 무궁무진한 걸로 믿으신 것 같다. 왜냐하면 내가 심심해할 때뿐 아니라 주전부리를 하고 싶어 할 때도, 남과 같이 고운 옷을 입고 싶어 할 때도, 친구가 그리워 외로움을 탈 때도, 시험 점수를 잘 못 받아 기가 죽었을 때도, 어머니는 잠깐만 어쩔 줄을 모르고 우두망찰을 하셨을 뿐, 곧 달덩이처럼 환하고도 슬픈 얼굴이 되시면서 재미있는 이야기로 나의 아픔을 달래려 드셨다.

어머니가 당신의 이야기의 효능에 그만큼 자신이 있었다기보다는 그것밖에 가진 게 없었기 때문에 딸의 거의 모든 상처에 그것을 만병통치약처럼 들이댈 수밖에 없었지 않나 싶기도 하다.

그러다가도 어머니는 때때로 낮은 한숨을 쉬시면서 이렇게 조바심하셨다. '이야기를 너무 받치면 가난하다는데…….'

내가 아직도 소설을 위한 권위 있고 엄숙한 정의를 못 얻어 가진 것도 '소설은 이야기다'라는 소박한 생각이 뿌리 깊기 때문인지도 모르겠다.

뛰어난 이야기꾼이고 싶다. 남이야 소설에도 효능이 있다는 걸 의심하건 비웃건 나는 나의 이야기에 옛날 우리 어머니가 당신의 이야기에 거셨던 것 같은 효능의 꿈을 꾸겠다.

중년 여인의
허기증

나는 내가 작가가 되고 싶다는 오랜 갈망과 수업 끝에 등단하게 되었는지, 등단이라는 걸 하고 나서 작가가 되기로 작정했는지 그걸 잘 모르겠다. 그런 낌새란 누구에게나 그렇게 모호한 건지 내 경우만 그런지 그것도 잘 모르겠다.

아무튼 어느 날 나는 갑자기 소설을 쓰기 시작했다. 좀더 정확하게 말하면 1970년 봄 어느 날 단골 미장원에 가서 내 차례를 기다리며 뒤적이던 『여성동아』에서 여류 장편소설 모집이란 공고를 보고 갑자기 가슴이 두근대며 소설을 쓰고 싶어졌던 것이다. 이것이 『여성동아』와의 인연의 시작이다.

　그전까지의 나는 문학 지망생이었다기보다는 문학 애호가였다고나 할까. 매달 애독하는 문예지도 있었고, 신인 등용문으로서의 추천제나 신춘문예라는 것에 대해서도 알 만큼은 알고 있었는데, 그런 데 단 한 번도 응모해본 적이 없었고, 응모하고 싶어본 적도 없었는데, 느닷없이『여성동아』의 공고란에 강하게 사로잡혔던 것이다.

　응모 마감까지는 3개월 남짓 남아 있었다. 나는 쓰기 시작했다. 그러나 사십에 처음 해보는 이 일에 대해 가족들에게 심한 부끄러움을 탔다. 그래서 철저하게 몰래 하기로 작정했다. 가족들 몰래 그 일을 하기란 여간 힘든 일이 아니었지만, 나는 평생 처음 나만의 일을 가졌다는 것과, 가족들에게 비밀을 가졌다는 것으로 매일매일 아슬아슬하리만큼 긴장했고, 행복했고, 그리고 고단했다.

　나는 그것을 쓰면서 혹시 당선이 안 될지도 모른다는 생각은 전연 하려 들지 않았다. 7월 15일이 마감이어서, 7월달로 접어들면서는 하루 꼬박 40장씩 쓰는 중노동을 했고, 그래서 그런지 그해 7월처럼 뜨거웠던 여름은 다시없었던 것 같다. 그때의 열기가 7월의 열기였는지 40세에 별안간 불타오른 문학에의 정열이었는지 그것 또한 지금 생각하면 아리송하다. 꼭 뭣에 홀린 것처럼 정신없이 그 고달픈 작업에 몰입했다.

가뜩이나 마른 나는 더 형편없이 마를 수밖에 없었다. 그래서 내 처녀작 『나목裸木』을 탈고한 게 7월 14일이었다. 1,200장 정도의 원고 부피를 보자 나는 끔찍한 생각이 나 부르르 진저리를 쳤다. 한마디로 지긋지긋했다. 그래도 단단히 포장을 하고 규정대로 걸봉을 써서 우송까지 끝마쳤다. 돌아오는 길은 날아갈 듯이 홀가분할 줄 알았는데 그게 아니었다. 너무 허전해 울고 싶었다. 이제부터 집에 가서 나는 도대체 무엇을 할 수 있단 말인가?

식구들을 위해 장을 보고 맛있는 반찬을 만드는 일, 매일매일 집 안 구석구석을 쓸고 닦아 쾌적하고 정갈한 생활환경을 만드는 일, 아이들 공부를 돌보고 가끔 학교 출입을 하는 일, 뜨개질, 옷 만들기 — 소위 살림이라 불리는 이런 일들을 나는 잘했고, 또 좋아했지만, 아무리 죽자꾸나 이런 일을 해도 결코 채워질 수 없는 허한 구석을 나는 내 내부에 갖고 있다는 걸 자각하지 않으면 안 되었다. 나는 그날 온종일, 어디서 소포 뭉치가 되어 뒹굴고 있을 내 작품에 대한 육친애와도 방불한 짙은 연민으로 거의 흐느낄 것 같았다. 나는 또 내 원고를 딴 소포들과 함께 마구 천대할 우체국 직원을 가상하고 앙심을 품기까지 했으니 기가 찰 노릇이다.

심지어는 심사위원들에 대해서도 비슷한 생각을 했다. 오로지 내 악필만 보고 내 작품을 구박하고 조소할지도 모르는 심사위원 ― 무더위를 핑계로 작품을 무성의하게 대강대강 읽어 넘길 심사위원, 숫제 읽지도 않을 심사위원을 가상하고 혼자서 속을 썩이고 분통을 터뜨리고 했던 것이다. 그러고 나서는 만일 내 작품이 당선이 안 되면 그건 순전히 심사위원들의 무정견 때문이지 결코 내 작품이 남의 것만 못해서가 아니라는 생각으로 스스로를 위로하려 들었다. 마치 덮어놓고 제 자식 잘난 줄만 알고, 제 자식 역성만 드는 어리석은 엄마 같은 맹목의 애정을 나는 이미 내 앞을 떠나 있는 내 첫 작품에 대해 느꼈다. 그리고 비로소 글은 아무렇게나 쓸 게 아니라는, 글을 하나 써내는 것도 자식을 하나 낳아놓는 것만큼 책임이 무거운 큰일이라는 걸 뼈저리게 느꼈다.

9월 초순 당선 통지를 받았다. 의외였다. 당선이 의외가 아니라 너무 일러서 의외였다. 잡지 사정을 잘 모르는 나는 11월 호에 발표되니까 10월쯤이나 알 수 있을 것으로 짐작하고 있었기 때문이다. 당선을 통고해온 분들이 기분이 어떠냐고 그러기에 기쁘다고 했다. 그러나 그런 일이란 막상 당하고 보면 그렇게 기쁜 것도 아니다.

아이들이 굉장히 기뻐했던 것으로 보인다. 하도 좋아서 날뛰길래 뭐가 그렇게 좋으냐니까 둘째 아이든가 셋째 아이든가, 가정환경 조사서에 엄마 직업을 '무'가 아니라 '작가'라고 쓸 생각을 하면 막 신이 난다고 했다. 나는 그 애의 말에 깔깔대고 웃었지만 속으론 뜨끔했다. 나는 실상 내 애들만큼도 장차 내가 소설가가 될 각오가 서 있지를 않았다.

당선이 되었으니 약속대로 50만 원은 줄 테지, 약속대로 내 글을 활자로도 만들어주겠지(그때는 내 글이 활자가 된다는 사실이 그렇게 신기할 수가 없었다). 거기까지는 즐거운데 '직업이 작가'는 도저히 못 해먹을 것 같았다.

시상식은 10월 초순에 있었다. 나는 왠지 그 시상식이라는 게 싫었다. 돈이나 주면 됐지 시상식은 뭣하러 하는지 모르겠다고 나는 누구에게나 함부로 투덜거렸다. 시상식엔 동창들이 몇 왔다. 그래서 쑥스러운 대로 꽃다발이란 것도 받고 사진도 찍고 점심도 먹었다. 한 친구가 이렇게들 모이기 쉽지 않은데 저희 집으로 같이들 가자고 했다. 그 친구 집에서 한바탕 떠들고 나서 화투판이 벌어졌다. 나는 별안간 핸드백에서 방금 탄 50만 원짜리의 보증수표를 꺼내 친구들한테 회람을 돌리면서, 너희들은 50만 원을 만들려면 2년이나 3년 죽자꾸나 하고 계를 부어야 되지만 나는 이것을 얼마나 쉽게, 그야말로 누워서 떡 먹기로 만든 줄 아느냐고 막 으스댔다. 그리고 화투판에 끼지 않고 집으로 왔다. 친구들이 50만 원 날릴까 봐 줄행랑치기냐고 놀렸지만 그렇게 했다.

아이들이 학교에서 아직 안 돌아온 집은 조용했다. 나는 다시 50만 원을 꺼냈다. 우리는 겨우겨우 사는 정도의 살림 형편이었지만 당장 50만 원의 긴요한 용처가 있는 것은 아니었다. 나는 내가 그간의 며칠 동안을 왜 그렇게 50만 원에 집착했는지 알 수가 없었다. 나는 수표를 아무렇게나 서랍 속에 들이뜨렸다. 모든 것은 끝난 것이다. 걷잡을 수 없는 공허감이 왔다.

책이 나오고 나서 거의 매일 독자로부터의 편지라는 걸 받았다. 전국 방방곡곡에서 그리고 외국에서 오는 것도 꽤 있었다. 처음에는 그저 신기해하고, 활자의 위력이 바로 이런 거로구나 하고 감탄도 했다. 별의별 편지가 다 있었다. 나를 무슨 위대한 작가인 줄로 착각하고 있는 시골 소녀의 동경이 가득 담긴 간지러운 편지가 있는가 하면, 가정부인의 고마운 격려의 편지도 있었고, 상금을 나눠 먹자는 협박 섞인 편지도 있었다. 그러나 정작 내 작품을 읽고 내가 그 작품을 통해 말하고자 하는 바를 알아듣고 보내오는 편지는 거의 없었다. 나는 많은 편지 속에서 허망감을 짓씹었다. 그리고 글을 쓴다는 일이 얼마나 고독한 작업인가를 알 것 같았다.

그러는 사이에 당선을 전후한 시기의 내심의 혼란과 흥분은 완전히 가라앉았다. 그리고 내 내부에서 새로운 고민이 싹트기 시작했다. 나는 뭔가를 진지하게 생각하고 결정하지 않으면 안 된다고 생각했다. 즉 당선작을

처녀작이자 마지막 작품으로 남기고 조용히 사라져가
느냐, 당선이란 사실을, 앞으로의 작가 생활로 이어질
발판으로 삼느냐를 결정해야 하는 것이다.

　이 글 처음에서도 언급했지만 내가 하나의 작품을 이
룩한 게 작가가 되기 위한 피나는 노력이나 준엄한 각오
에서가 아니라, 순전히 중년으로 접어든 여자의 일종의
허기증에서였던 것이다. 그렇다면 내 글쓰기란 내 또래
의 중년 여인들이 흔히 빠져드는 화투치기, 춤추기, 관
광여행하고 무엇이 다른가. 문학이란 절대로 심심풀이
삼아 할 수 있는 안이한 게 아니지 않나. 나도 문학 애호
가의 입장에서 문학이란 것에 대해 그만한 까다로운 주
문을 할 줄도 알았고, 안이하게 낳는 문학에 대해 경멸
을 보낼 줄 아는 안목도 있었다.

　이제부터라도 문학이라는 고통스럽고 고독한 작업
에 모든 것을 걸어보느냐, 아니면 다시 일상의 안일에
깊숙이 함몰할 것인가를 놓고 나는 고민을 되풀이했다.
그리고 나 자신의 작가로서의 창조적 능력에 대해서도
회의를 거듭했다.

　우선 자신의 능력을 시험할 겸, 개발도 할 겸, 하나둘

습작을 시작했다. 지독하게 열심히 했다. 밤잠을 설치고, 입맛을 놓치고, 남의 좋은 글을 읽고 샘을 내고, 발표의 가망도 없는 글을 썼다. 차차 글 쓰는 어려움에 눈떴다. 자연히 쉽게 쓴 글이 쉽게 당선된 데서 비롯된 내심의 은밀한 오만도 숨이 죽었다.

당선작을 쓰고 나서 습작을 썼으니 순서가 거꾸로 됐지만 그 시기는 당선작을 쓴 시기보다도 훨씬 더 소중한 시기였다. 글 쓰는 어려움에 바싹바싹 마르는 것 같으면서도 속에선 뭔가 조금씩 조금씩 살이 찌고 있는 것 같아 보람을 느꼈다. 곧 『여성동아』에서 연재의 기회를 주었고 그 후 여러 지면의 비교적 고른 혜택을 받고 보니 어름어름 작가인 척하고 오늘에 이르렀다.

자랑할 거라곤 지금도 습작기처럼 열심히라는 것밖에 없다. 잡문 하나를 쓰더라도, 허튼소리 안 하길, 정직하길, 조그만 진실이라도, 모래알만 한 진실이라도, 진실을 말하길, 매질하듯 다짐하며 쓰고 있지만, 열심히라는 것만으로 재능 부족을 은폐하지는 못할 것 같다.

작가가 될까 말까 하던 4년 전의 고민은 아직도 끝나지 않은 채다.

코 고는
소리를
들으며

코를 고는 것도 이비인후과 계통의 질환에 드는 모양이지만 나는 남편의 유연悠然한 코 고는 소리를 들으면 그의 낙천성樂天性과 건강이 짐작돼 싫지 않다.

스스로 코를 골기 때문인지 남편은 잠만 들면 웬만한 소리엔 둔감한데 빛에는 여간 예민하지 않다.

난 꼭 한밤중에 뭐가 쓰고 싶어서 조심스럽게 머리맡에 스탠드를 켜고는, 두터운 갈포갓이 씌워졌는데도 부랴부랴 벗어놓은 스웨터나 내복 따위를 갓 위에 덧씌운다.

그래도 남편은 눈살을 찌푸리고 코 고는 소리가 고르

지 못해진다. 까딱 잘못하면 아주 잠을 깨놓고 말아 못마땅한 듯 혀를 차고는 담배를 피워 물고 뭘 하느냐고 넘겨다보며 캐묻는다.

나는 아무것도 아니라고 어물어물 원고 뭉치를 치운다.

쓸 게 있으면 낮에 쓰라고, 여자는 잠을 푹 자야 살도 찌고 덜 늙는다고 따끔한 충고까지 해준다.

그래도 나는 별로 낮에 글을 써보지 못했다.

밤에 몰래 도둑질하듯, 맛난 것을 아껴가며 핥듯이 그렇게 조금씩 글쓰기를 즐겨왔다.

그건 내가 뭐 남보다 특별히 바쁘다거나 부지런해서 그렇다기보다는 나는 아직 내 소설 쓰기에 썩 자신이 없고 또 소설 쓰는 일이란 뜨개질이나 양말 깁기보다도 실용성이 없는 일이고 보니 그 일을 드러내놓고 하기가 떳떳하지 못하고 부끄러울 수밖에 없다고 내 나름대로 생각하고 있기 때문이다.

쓰는 일만 부끄러운 게 아니라 읽히는 것 또한 부끄럽다.

나는 내 소설을 읽었다는 분을 혹 만나면 부끄럽다 못해 그 사람이 싫어지기까지 한다.

　만일 내가 인기 작가나 베스트셀러 작가가 된다면, 온 세상이 부끄러워 밖에도 못 나갈 테니 딱한 일이지만, 그렇게 될 리도 만무하니 또한 딱하다. 그러나 내 소설이 당선되자 남편의 태도가 좀 달라졌다. 여전히 밤중에 뭔가 쓰는 나를 보고 혀를 차는 대신 서재를 하나 마련해줘야겠다지 않는가. 나는 그만 폭소를 터뜨리고 말았다.

　서재에서 당당히 글을 쓰는 나는 정말 꼴불견일 것 같다.

　요 바닥에 엎드려 코 고는 소리를 들으며 뭔가 쓰는 일은 분수에 맞는 옷처럼 나에게 편하다.

　양말 깁기나 뜨개질만큼도 실용성이 없는 일. 누구를 위해 공헌하는 일도 아닌 일, 그러면서도 꼭 이 일에만은 내 전신을 던지고 싶은 일, 철저하게 이기적인 나만의 일인 소설 쓰기를 나는 꼭 한밤중 남편의 코 고는 소리를 들으며 하고 싶다.

　규칙적인 코 고는 소리가 있고, 알맞은 촉광의 전기 스탠드가 있고, 그리고 쓰고 싶은 이야기가 술술 풀리기라도 할라치면 여왕님이 팔자를 바꾸재도 안 바꿀 것 같이 행복해진다.

　오래 행복하고 싶다.

　오래 너무 수다스럽지 않은, 너무 과묵하지 않은 이
야기꾼이고 싶다.

나의 문학과
고향의 의미

　　　　　내가 태어난 곳은 개성에서 10킬로미터가
량 떨어진 박적골이란 벽촌이다. 20호도 채 안 되는 작
은 마을이었고 거의가 자작농이어서 다들 그만그만하
게 살았다. 유년 시절에 겪은 변화 중 아직도 생각나는
것은 200년에 걸쳐 대대로 살던 집이 너무 낡아서 헐고
다시 지은 거였는데 새집의 건축 자재나 그 양식이 헌
집과 달라진 건 아무것도 없었다. 식구가 늘어난 만큼
크기가 약간 커졌다고는 하나 게딱지를 엎어놓은 것처
럼 낮은 초가집이 오순도순 모여 사는 마을 경관에 변화
를 미칠 만한 것은 못 되었다. 집을 짓는 데 들어간 자재

또한 헐어낸 집과 똑같이 흙과 짚과 수수깡과 나무 등 그 마을의 산과 들에서 쉽게 얻을 수 있는 것들이었다.

남자들은 농사를 지었고, 여자들은 길쌈을 했다. 집집마다 물레와 베틀이 있어, 직접 생산한 누에고치와 면화와 삼에서 뽑아낸 실로 따뜻한 옷감과 서늘한 옷감을 짜냈다. 우리 마을에서 가장 가까운 소도시 개성까지 나가서 농산물과 바꿔 오는 가장 주된 물건은 농기구, 신발, 물감 등이었다. 명절이나 혼사를 앞두고 색색가지 고운 물감을 들여 널어놓은 옷감의 팔락임은 어린 가슴을 축제의 예감으로 울렁거리게 했다.

여덟 살이 될 때까지 그 마을을 벗어난 적이 없었고, 비슷한 생활양식과 인심이 통하는 조선이라는 나라 외에 딴 나라가 있다는 것도 풍문을 통해서였다. 조선이 일본의 강점하에 있을 적인데도 워낙 두메라 일본 사람을 직접 본 적은 없고, 어른들이 성질이 경망스럽거나 모진 사람을 일인日人에 빗대는 소리를 통해 제일 먼저 얻어들은 외국 이름이 일본이었다. 두 번째로 얻어들은 외국 이름은 공교롭게도 독일이다. 물감 때문이었다. 우린 오랫동안 이 나라를 독일로 불러오다가 근래엔 도이

취란드라고도 하지만, 그때만 해도 우리 할아버지는 덕국德國이라고 했다. 할아버지가 개성 가서 사 오신 물감 중 "이건 덕국산 물감이다"라는 단서를 붙은 물감을 어머니가 어찌나 기뻐하며 귀하게 여겼던지 지금까지도 잊히지 않는다.

　우리나라의 30년대라면, 먼저 서양의 과학 문명을 성공적으로 수용한 이웃 일본에게 주권을 빼앗기고 난 뒤여서 외세와 외래문화에 적잖이 부대낄 때였건만 내 고향의 500년이 한결같은 생활양식에 미친 영향은 이다지도 미미했다. 아마 10대조 할아버지가 뒷산 선영先塋에서 다시 살아나 걸어 내려온다 해도 조금도 낯설어하지 않고 자기 집 문지방을 넘을 수 있을 성싶게 시간이 고여 있었다.

　자식 교육 또한 아들은 서당에 보내 한문을 배우게 하고, 딸은 집안에서 한글을 배우게 하는 게 전통적 방법이었다. 설사 문자 교육을 못 시키더라도 반드시 가르쳐야 할 것으론, 어른을 공경하고, 동기간과 이웃 간에 화목하고, 남녀가 함부로 섞이지 않고, 고독한 사람과 가난한 이를 측은히 여겨 보살펴야 한다는 유교적인 사람 노릇을 으뜸으로 쳤다.

소위 인륜은 집안뿐 아니라 한 마을이라는 작은 공동체의 질서와 화목의 확고한 근본 구실을 했다. 그러나 10리 밖 면 소재지에 신학문을 가르치는 소학교가 처음으로 들어섰다는 소문은 모두 스스로 만족하여 의심할 나위가 없었던 마을 공동체의 교육관에 심각한 분열을 가져왔다. 신식 학교에서는 일본 말을 가르친다는데 그까짓 일본 말을 내 자식에게 배우게 할 수는 없다는 의견과, 나라를 잃은 건 우리가 깨어나지 못했기 때문이니 일본 말을 통해서라도 문명화돼야 한다는 의견은 서로 팽팽히 대립했다. 그러나 어른들의 이런 갈등은 어디까지나 아들을 대상으로 한 것이지 딸은 애초부터 포함되지도 않았다.

나는 그런 보수적인 고장에서도 유별나게 완고한 조부모님을 모시고 사는 집안에 태어났음에도 불구하고 소학교부터 면 소재지나 소도시도 아닌 서울에서 다닐 수가 있었다. 어느 날 어머니는 당신이 우겨서 면 소재지의 소학교나마 가까스로 졸업시킨 오빠와 아직 취학 전의 나를 데리고 무작정 상경을 했다. 내 나이 여덟 살

적이었다. 그보다 앞서 우리 남매는 아버지를 별안간 여의었고, 어머니는 젊은 나이에 과부가 돼 있었다. 어머니는 고양 출신이었지만 서울에 자리잡은 친척을 통해 서울 구경은 몇 번 한 적이 있었다. 도시 문명에 대한 약간의 지식 때문에 어머니는 아버지의 죽음을 운명으로 승복하지를 못했다. 그때 도시엔 이미 흔했던 신식 병원 양의한테 보일 수만 있었어도 그렇게 어처구니없이 죽을 병이 아니었다고 판단한 어머니는 시골의 무지에 진저리를 쳤고 자식들만은 어떻게든지 도회지에서 키워야겠다고 결심을 하기에 이르렀다.

어머니는 종갓집 맏며느리였기 때문에 과부가 됐다고는 하나 가만히만 있으면 충분히 보호받을 수가 있었다. 반면 보장받을 지위를 박찼을 때 돌아온 어른들의 진노와 동네와 문중의 비난과 억측은 차마 견디기 어려운 것이었으나 어머니는 굽히지 않았다. 우리 세 식구는 초라한 몰골로 누구의 전송도 못 받고 도망치듯 고향을 등졌다.

서울 가는 기차를 타기 위해 개성까지 가는 동안 험한 고개를 네 번이나 넘어야 했다. 마지막 고개에 오르니 비로소 발아래 개성 시가지가 펼쳐졌다. 나는 숨을 죽이고 생전 처음 보는 도시에 황홀한 눈길을 보냈다. 그러다가 어느 순간 눈을 쏘는 강렬한 빛에 놀라 악, 소리를 지르며 어머니 치마꼬리에 얼굴을 파묻었다. 시뻘건 해가 박살이 나서 떨어진 것처럼 강렬하고도 괴기스러운 빛이었다. 신식 건물 유리창이 되쏜 햇빛이 그렇게 놀랍고 두려웠던 것이다. 어머니는 괜히 무서운 얼굴로 바보처럼 굴지 말라고, 서울서는 여염집(보통 사람들이 살림하며 사는 집 - 편집자 주)도 다 창문이 그런 유리로 돼 있다고 가르쳐주었다. 종이로 바른 봉창밖에 모르던 나에게 그건 굉장한 충격이었다. 도시가 날카로운 적의를 품고 나를 겁주는 것처럼 무섭고 싫었다.

여덟 살 적에 최초로 겪은 이 문화적 충격은 그후 오래도록 내 의식에 눌어붙어 도시적인 것과의 화해를 가로막았다. 아직까지도 나는 새록새록 쏟아져 나오는 신기한 새 상품이나 편리한 첨단기기를 보면 호기심이나 욕심이 생기기에 앞서 괜히 불안하고 뜨악해 뒷걸음 먼저 치고 보는 버릇이 있다.

서울에서의 우리 세 식구의 생활은 당연히 곤궁하고

비참했다. 처음 정착한 곳이 변두리의 빈민굴이었는데 불결할 뿐 아니라 우리가 그때까지 사람 노릇의 근본으로 친 유교적인 인륜 도덕이 예전에 실종한 동네였다. 직업이 없거나 하루 벌어 하루 먹는 막벌이꾼들이 모여 사는 그 동네서 어머니 또한 바느질품을 팔아 자식들을 겨우 굶기지나 않으면서도 동네 사람들의 무지막지한 생활 방식을 경멸해 마지않았다. 그때 어머니로부터 제일 많이 들은 잔소리는 동네 아이들하고 놀지 말란 소리였다. "아아, 정말이지 끔찍한 바닥 상것들이다." 어머니가 동네 사람을 평하는 탄식의 소리는 늘 이러했다. 그리고 우리가 고향에선 얼마나 점잖은 집안의 귀한 자손이라는 걸 우리에게 주입시키고자 했다. 어머니는 당신이 앞장서서 탈출한 고향의 한 자락을 이제 와서는 무슨 보물처럼 움켜쥐고 자식들의 자존심으로 삼으려 들었다.

그러나 내 고민은 어머니의 그것과는 정반대였다. 나는 빈민굴의 아이들하고라도 어울려서 놀고 싶었다. 그러나 그 애들은 나를 시골뜨기라고 놀리고 붙여주지 않았다. 나는 외톨이가 싫어서 하루바삐 시골티를 벗어버리고 싶었지만 마음대로 되는 게 아니었다.

우리는 고향을 탈출한 게 아니었다. 탈출하지 못한 고향이 줄창 우리에게 눌어붙어 다녔다. 빈민굴 아이들한테 진저리를 친 어머니는 내가 입학할 학교만이라도 점잖은 동네 아이들이 다니는 학교이길 바랐다. 나는 극성스러운 어머니에 의해 우리 동네서 산을 하나 넘어야 하는 먼 거리의 소학교로 보내졌다. 주위 환경이 수려하고 서울 토박이 중산층 동네를 낀 학교였다.

지지리도 못사는 집 아이들한테도 시골뜨기라고 놀림을 받아 마땅하게 초라하고 어수룩한 아이를, 깔끔하고 영악한 서울 아이들 사이에 우격다짐으로 쑤셔 넣었으니 그 아이의 학교생활이 오죽했겠는가. 늘 외롭고 주눅들고 슬펐다. 공부도 꼬래비에 가까웠다. 나는 도시 아이들처럼 세련되고 싶다는 갈망과 절대로 그렇게 될 리가 없다는 절망을 번갈아 질겅질겅 씹으며 동무 하나 없이 아이들이 저희끼리만 노는 걸 저만치서 구경만 했다. 처량하고 불행한 유년기였다. 이렇듯 나의 시골 고향은 도시 빈민층 아이들 앞에선 자존심의 근거가 됐지만, 학교에서 벗어나고픈 궁상이요 남루였다.

주거지를 속여가면서까지 좋은 학교에 집어넣은 어머니의 극성은 딸이 공부 못하는 걸 참지 못했다. 방학을 하면 자식의 우등상장을 앞세우고 여봐란 듯이 고향에 돌아가는 게 어머니의 소원이었다. 어머니의 금의환향을 위해 나는 끊임없이 닦달질을 당했고 학년이 오르면서 별수 없이 공부 잘하는 아이가 됐다. 그렇다고 시골뜨기 의식에서까지 놓여난 건 아니었다. 난 늘 외톨이였고 아이들의 끼리끼리에서 항상 몇 걸음 비켜나 있었다.

반장을 뽑을 때는 선생님이 성적순으로 대여섯 명의 아이를 천거하면 아이들의 무기명 투표로 한 명을 뽑게 돼 있었는데 내 성적이 상위 대여섯 명 안에 들게 되자 나는 반장이 될까 봐 전전긍긍하지 않으면 안 되었다. 내가 그 영악하고 세련된 서울 아이들을 통솔한다는 건 말도 안 되는 소리였다. 결코 당선될 리가 없는데도 몇 표 안 되는 내 표가 나올 때마다 나는 식은땀을 흘리며 깜짝깜짝 놀라곤 했다.

그 후 어머니의 소원대로 나는 좋은 상급 학교로 진학하고 오빠는 좋은 데 취직해서 빈촌을 면하고 버젓하

게 살게 되었고, 고향으로부터도 못된 며느리 대신 잘난
며느리라는 칭송을 받게 되었다. 그러나 나는 여전히 시
골뜨기였다. 동무들과 잘 어울리지 못했고, 중심인물이
나 남을 이끄는 입장이 되는 걸 두려워했다. 그렇다고
내 성격에 미친 고향의 의미가 열등감만이 다는 아니다.

가끔 나는 나를 토박이 서울 사람과 확연히 다르게
느낄 적이 있다. 내 성격 중 좋은 점이 있다면 그건 거의
나의 촌스러움에 근거하고 있다는 걸 자각할 때이다. 그
리하여 고향은 어머니에게뿐 아니라 나에게도 자존심
의 근거가 돼주고 있다. 그렇듯 내 고향은 아직도 나에
게 살아 있는 모순이다.

그러나 무엇보다도 내가 고향에 감사하고 싶은 것은,
훗날 내가 글을 쓰게 된 것이 나의 시골뜨기 근성에 힘
입은 바가 크기 때문이다. 사교적인 모임뿐 아니라 인간
이 만들어내는 여러 갈래의 우호적 또는 적대적, 정열적
혹은 타산적 관계의 와중渦中으로 끼어들지 못하고 조금
비켜나 있고 싶어 하는 근성은 스스로를 비하하는 열등
감에서 비롯된 것이었으나 점점 내 성격 형성의 일부가
되어버렸다. 비켜나 있음을 차라리 편안하게 여기게 되

었고, 와중에 있는 것보다는 약간 비켜나 있으면 돌아가는 모습이 더 잘 보인다는 것도 터득하게 되었다.

비켜나 있음의 쓸쓸함과, 약간 떨어진 위치에서 사람 사는 모습을 바라보며 그 거리를 가장 잘 보이게끔 팽팽하게 조절할 때의 긴장감은 곧 나만이 보고 느낀 걸 표현해보고 싶은 욕구로 이어졌다. 그런 욕구를 충족시키고 나면 인간관계에서 비실비실 비켜나 있음이 촌스러울 뿐 아니라 떳떳지 못한 일일지도 모른다는 자격지심이 조금은 위로받을 수 있다는 것도 글 쓰는 보람이다.

그러나 한편 고향은 나에게 멍에요 또한 상처였다. 어머니 때문이었다. 장수하신 어머니는 내겐 따라다니는 고향이었다. 개성 근교인 개풍군 땅은 남북이 무력으로 대결한 6·25 전까지는 서울에서 자유롭게 왕래할 수 있는 삼팔선 이남 지역이었다. 그러나 휴전협정 후 새로 그어진 휴전선에 의해 갈 수 없는 땅이 되고 말았다. 어머니가 서울서 자수성가한 식구들을 앞세우고 무슨 때마다 금의환향하던 고향을 잃은 것이다. 그러나 선영과 고가만 그냥 남겨놓았다 뿐 조부모님은 그전에 돌아가셨고, 어머니 대신 고향 집을 지키던 숙부네도 온 식구가 다 남으로 피난을 와 있으니 그나마 다행이었다.

무엇보다도 어머니가 귀향할 때마다 찬란한 비단옷 역할을 하던 우리 식구는 전쟁 중 만신창이가 돼 있었다. 어머니의 드센 자존심을 생각할 때 그렇게 영락한 처지로는 설사 고향이 이북 땅이 되지 않았더라도 발길을 끊어 마땅했다. 아닌 게 아니라 어머니는 세상만사에 뜻이 없는 그림자 같은 노인으로 잔잔히 노쇠해갔다.

어머니의 가족도 한 대를 걸러 손자대로 접어들면서 가세의 중흥기를 맞았다. 자손들 형편이 고루 넉넉해지면서 어머니는 원하면 호강도 할 수가 있었다. 그러나 신식 물건이나 새로운 음식을 일일이 타박하는 증세로부터 시작해서, 고향에서 먹던 것, 고향의 산천과 생활 방식만이 최고요 딴 것은 다 꼴도 보기 싫다는 식으로 차츰 노망의 증세를 보이기 시작했다.

젊은이들이 이런 노인을 기피한 때문도 있었지만, 내가 당신과 고향의 추억을 공유한 단 한 사람의 피붙이이기도 해서 나는 어머니에게 붙들리면 끝도 없이 고향 타령을 들어야만 했다. 강화도에 가면 강 넓이밖에 안 되는 해협 건너로 고향 땅을 육안으로 빤히 바라볼 수 있는 지점이 있는데 어머니는 시도 때도 없이 거기 가고 싶어 했고, 그 지척의 땅을 못 가게 막는 보이지 않는 힘에 대해 남북 가리지 않고 들입다 악담을 퍼부었다. 고향 땅을 못 가게 만든 전쟁의 참상도 지긋지긋하도록 생생하게 증언을 하고 또 했다.

어머니는 나에게 살아 있는 고향이자 마냥 피 흘리는 상처였다. 말년에는 죽어서라도 고향 땅에 묻히고 싶다는 유언을 되풀이해서 나를 지치게 했다. 그러나 어머니 역시 이중의 고향을 가지고 있었다. 그 점에서 우리는 닮은 모녀였다. 고향을 이상향처럼 절절히 그리다가도 느닷없이 나에게 그때 당신이 나를 데리고 무작정 상경하지 않았으면 지금쯤 네 신세가 어찌 되었겠느냐고 생색을 내고 싶어 했다. 그럴 때 어머니의 상상 속의 고향은 박적골이 아니라 단지 이북 땅일 뿐이고 이북 땅은 사람 못 살 데라는 확신에 차 있었다. 그러나 어머니가 전쟁 중에 겪은 악몽 같은 경험으로 미루어 으레 그러려니 짐작한 고향의 모습이 결코 현재 북에 실재하는 고향 땅의 참다운 모습은 아니듯이, 어머니가 죽는 날까지 이상향처럼 그리워한 고향 역시 지금 현재 이북에도, 그

밖에 어떤 곳에도 실재할 수 있는 고장은 아닐 것이다. 결국 어머니의 애착도 증오도 다 당신이 꾸민 허상에 바쳐진 것뿐이었다.

어머니는 90세의 장수를 누리고 돌아가셨지만 그리던 고향 땅을 생전에 밟아보지 못하셨고 물론 고향 땅에 묻히시지도 못했다. 이렇게 철천지한을 풀어보지 못하고 죽은 이가 어찌 어머니뿐이랴. 오랜 세월이 흐르면서 한을 품은 이들은 계속 죽어갔다. 어떡하든 생전에 한풀이를 하고 싶은 세력이 그만큼 줄어들게 되고, 결국 통일을 지향하는 힘도 줄어가는구나, 막연하게 생각해왔다. 그러나 어머니의 죽음을 겪고 나서 나는 그런 생각을 고쳐먹을 수가 있었다. 어머니가 돌아가시자 자식 된 자라면 누구나 느끼는 슬픔과 함께 멍에를 벗은 것 같은 홀가분함을 느꼈다면 내가 너무 불효한 것일까. 그러나 솔직한 심정이 그러했다. 더는 모순된 이중의 고향, 두 개의 허상에 짓눌리지 않아도 된다는 게 그렇게 홀가분할 수가 없었다.

어머니로부터 자유로워지자, 허상에 바쳐진 애증은 헛된 정열일 뿐 결코 진정한 힘은 아니다, 앞으로는 서로가 서로의 실상뿐 아니라 자신의 실상까지 바로 보는 것만이 진정한 힘이 되리라는 새로운 희망도 생겼다. 원한이란 반드시 복수의 욕구를 동반하게 마련이다. 평화가 목적일 뿐 아니라 수단도 되어야 하는 통일을 위해서는 결코 바람직한 정서가 아니다.

작가의 눈엔 완전한 악인도 완전한 성인도 존재하지 않는다. 모든 사람한테 미움받은 악인한테서도 연민할 만한 인간성을 발굴해낼 수 있고, 만인이 추앙하여 마지않는 성인한테서도 인간적인 약점을 찾아내고야 마는 게 작가의 눈이다. 그리하여 악인과 성인, 빈자와 부자를 층하하지 않고 동시에 얼싸안을 수 있는 게 문학의 특권이자 자부심이다. 작가의 이런 보는 눈은 인간 개개인에게뿐 아니라 인간이 만든 사회나 제도를 보는 데도 결코 달라질 순 없다고 생각한다.

이왕이면 해피엔드

잃어버린
여행가방

　　　　　　　설 연휴 동안 받아만 놓고 미처 읽지 못한 문예지를 뒤적이다가 프랑스 작가 미셸 투르니에Michel Tournier의 산문 중에서 매우 이색적인 경매 이야기를 보고 혼자서 웃은 일이 있다. 미국이나 유럽 쪽에서는 온갖 것을 다 경매에 부쳐서 잊혀진 사건에 대한 호기심을 유발하기도 하고 엉뚱한 사람이 이익을 보는가 하면 이미 죽은 사람의 비밀이 만천하에 드러나기도 한다. 고인이 된 지 오래인 왕년의 스타의 연애편지나 착용하던 신발, 속옷 등속이 고가로 팔렸다는 해외 토픽을 접하면 그걸 그렇게 비싸게 사서 어디다 쓰려는 걸까 공연한 걱정이 되기도 하고, 생전에 알려진 것과 전혀 다른 면이 드러난 편지가 공개되는 걸 보면 세속의 호기심은 저승 길까지 마다 않고 쫓아다니는 것 같아 섬뜩하기까지 한다. 투르니에가 쓴 경매는 그런 큰 이익이나 세인의 호기심을 겨냥한 게 아니라 지극히 사소하고 유쾌한, 서민적인 축제 같은 경매에 대해서이다. 매년 1월이면 독일의 루프트한자 항공사Deutsche Lufthansa AG에서 여행객들이 분실하고 찾아가지 않은 여행가방을 공개적으로 경매에 부친다고 한다. 그 안에 무엇이 들어 있는지 모른다는 게 호기심을 자극하지만 굉장한 귀중품이 들어 있을 가능성은 거의 없다. 여행을 해본 사람은 다 아는 사실이지만 본인이나 항공사의 실수로 가방이 그 주인과 동시에 공항에 도착하지 못하는 경우가 더러 있다고 해도, 가방에 붙어 있는 작은 단서나 분실인의 신고만 가지고도 단시일 안에 주인을 찾아가게 돼 있다. 주인을 찾을 수 없는 가방은 그런 작은 단서도 없을뿐더러 잃어버린 주인의 애착과 성의까지 없다는 증거니까 귀중품이 들어 있으리라는 기대는 안 해도 된다. 그러나 마약이나 무기 혹은 시체 같은 게 들어 있을 가능성은 주인 있는 가방보다 높다고도 볼 수 있다. 하여 경매하기 전에 경찰이 미리 개봉하고 그런 위험물이 들어 있지 않다는 걸 확인한 다음 다시 밀봉을 한 후 무게만을 공개하고 경매에 부친다고 한다. 그러나 일단 자기 앞으로 낙찰이 되면 가방은 즉시 관중들 앞에서 개봉되어 그 내용물이 만천하에 공개된다. 낙찰자나 구경꾼이나 같이 낄낄대며 즐거워하는 광경이 눈에 선하다. 타인의 사생활을 엿보고 싶은 숨은 욕망은 국적이나 개인의 인격 차에 상관없이 공통된 것인가 보다.

그러나 내가 그 글을 주의 깊게 읽고 이리저리 생각의 가지치기를 하게 된 것은 나의 개인적인 경험과도 무관하지 않다. 나도 여행가방을 잃어버린 적이 있다. 내가 처음으로 해외여행을 한 해였으니까 지금으로부터 22년 전이다. 전두환 정권 초기에 문인을 10여 명씩 일행으로 묶어서 공짜로 해외여행을 시켜준 적이 있다. 2주일 정도의 비교적 긴 여행이었고, 유럽의 몇 나라를 돌고 귀국길에는 인도를 거쳐서 오게 돼 있었다. 처음 나가본 해외여행인 데다가 인도가 마지막으로 들른 나라였기 때문에 그동안 짐이 배로 불어나 허름한 보조

가방을 둘이나 새로 사야 했다. 그중에서 가장 크고 튼튼한 것은 역시 집 떠나 있는 동안 갈아입을 옷이랑 내복 등속을 넣어간 큰 여행가방이었다. 보조가방 한 개와 내 짐 중에서 메인이라고 볼 수 있는 그 큰 가방을 인도 뉴델리 공항에서 다른 문인들의 짐과 함께 단체로 부쳤는데 김포공항에 내리니 내 큰 가방 하나만 빠져 있었다. 단체로 짐을 부칠 때 무게 문제로 그쪽 공항에서 트집 잡는 소리를 듣긴 했어도 곧 해결됐고, 내 짐의 무게가 초과한 것이 아니라 단체로 초과할 뻔한 거였으니 내 짐만 빠진 게 납득이 안 됐다. 설사 초과했다고 해도 초과분에 운임을 더 먹이면 될 것이지 짐 하나를 빼앗는다는 건 상식 밖의 일이었다. 신고를 받은 우리나라 공항 당국에서 그런 일은 없다고, 곧 돌아올 거라고 했다. 그러나 그때 잃어버린 내 여행가방은 영영 돌아오지 않았다. 그때 타고 온 비행기는 타이 항공이었다. 석 달인가 지난 후 타이 항공으로부터 200달러 정도의 보상금을 받았다. 짐 한 개당 무게를 20킬로그램으로 치고 1킬로그램당 10달러씩 계산한 거였다. 항공사 약관을 보니 적법한 거였다. 물론 그 석 달 동안 여러 번 공항에 드나들

어야 했다. 내가 신고한 베이지색 가방과 치수가 비슷한
가방만 생기면 공항에서 확인하러 오라는 전화가 왔다.
주인 잃은 가방의 보관창고 구경만 실컷 하고 내 가방은
찾지 못했다.

　다행히 선물이 든 가방 두 개는 무사해서 처음 외국
나간 엄마를 기다린 가족들을 크게 실망시키지는 않았
지만, 나는 오랫동안 잃어버린 큰 가방 때문에 가슴앓
이를 했다. 다양한 기후의 나라를 여행해야 했기 때문
에 갈아입을 겉옷뿐 아니라 내복을 많이 준비해 가지고
다니면서 한 번도 빨래를 하지 않았다. 만일 누가 그 가
방을 연다면 더러운 속옷과 양말이 꾸역꾸역, 마치 죽은
짐승의 내장처럼 냄새를 풍기며 쏟아져 나올 것이다. 루
프트한자 항공이 아니었으니 경매에 부쳐 개봉하지는
않았겠지만 만일 겉모양만 보고 꽤 괜찮은 게 든 줄 알
고 슬쩍 빼돌린 속 검은 사람이 개봉을 했다고 해도 창
피하긴 마찬가지였다. 속 검은 사람 앞에서일수록 반듯
한 내용물을 보여주고 싶었다. 그 안에는 때 묻은 속옷
말고 더 창피한 것도 들어 있었다. 파리에 들렸을 때에
슈퍼에서 봉지에 든 인스턴트커피를 잔뜩 사서는 옷 사

이 사이에 끼워 넣은 것이다. 그때만 해도 국내에선 커피가 비싼 귀물이었다. 외국 갔다 오는 사람이 커피 한 봉지만 선물로 주어도 고맙고 반갑고 그랬기 때문에 나도 친지들에게 그걸 선물할 작정이었다. 지금 생각하면 얼마나 궁상맞은 선물인가. 나의 그 큰 여행가방 안에는 1980년대 내 나라의 궁핍과 나의 나태가 고스란히 들어 있었다. 내 여행가방을 연 속 검은 사람의 기대와 호기심은 단박 실망과 경멸로 변했을 것이다. 나는 그가 우연히 가방을 주웠든 혹은 정말로 속이 검었든 간에 내 가방을 열어보고 실망하고 분노하고 경멸했을 생각을 하며 오랫동안 심한 수치감으로 괴로워했다. 그 후에도 여행을 떠날 때 절대로 양말이나 속옷을 많이 가져가지 않고 그날그날 빨아서 입는 습관을 들이게 되었다.

음력 설까지 쇠었으니 이제 확실하게 한 살을 더 먹었다. 이 나이까지 건강하게 살았으니 장수의 복은 충분히 누렸다고 생각한다. 재물에 대한 미련은 없지만 내가 쓰고 살던 집과 가재도구를 고스란히 두고 떠날 생각을 하면 걱정이 이만저만이 아니다. 나의 최후의 집은 내 인생의 마지막 여행가방이 아닐까. 내가 끼고 살던 물건들은 남 보기에는 하찮은 것들이다. 구식의 낡은 생활필수품 아니면 왜 이런 것들을 끼고 살았는지 남들은 이해할 수 없는 나만의 추억이 어린 물건들이다. 나에게만 중요했던 것은, 나의 소멸과 동시에 남은 가족들에게 처치 곤란한 짐만 될 것이다. 될 수 있으면 단순 소박하게 사느라 애썼지만 내가 남길 내 인생의 남루한 여행가방을 생각하면 내 자식들의 입장이 되어 골머리가 아파진다.

그러나 내가 정말로 두려워해야 할 것은 이 육신이란 여행가방 안에 깃들었던 내 영혼을, 절대로 기만할 수 없는 엄정한 시선, 숨을 곳 없는 밝음 앞에 드러내는 순간이 아닐까. 가장 두려워해야 할 것을 별로 두려워하지 않는 것은, 내가 일생 끌고 온 이 남루한 여행가방을 열 분이 주님이기 때문이다. 주님 앞에서는 허세를 부릴 필요도 없고 눈가림도 안 통할 테니 도리어 걱정이 안 된다. 걱정이란 요리조리 빠져나갈 구멍을 궁리할 때 생기는 법이다. 이게 저의 전부입니다. 나를 숨겨준 여행가방을 미련 없이 버리고 나의 전체를 온전히 드러낼 때, 그분은 혹시 이렇게 나를 위로해주시지 않을까. 오냐, 그래도 잘 살아냈다. 이제 편히 쉬거라.

시간은
신이었을까

감기에 걸려 외출을 삼가고 있던 중 교외로 바람이나 쐬러 가자는 K 교수의 유혹에 솔깃해진 것은 아마도 감기가 어느 정도 물러갔다는 징조일 것이다. 나는 K 교수가 손수 운전하는 차가 가는 대로 몸을 맡기고 목적지를 묻지 않았다. 열두 시를 바라보는 시간에 집을 떠났으니 바람을 쐬러 가자는 말 속에는 점심도 같이하자는 뜻이 포함돼 있음 직했다. 집에서 한강을 끼고 양수리 쪽으로 가는 길은 경치도 아름답지만 괜찮은 음식점 찾기도 어렵지 않았다.

K 교수는 처음부터 목적한 데가 있는 듯 나한테 어디

로 갈까 의논 같은 것도 하지 않고 곧장 달렸다. 차가 능내에서 마재馬峴 마을로 꺾일 때 비로소 나는 가슴이 좀 울렁거렸다. 그 마을에는 정약용 생가랑 기념관 등 의미 있는 볼거리도 많고 경치도 좋아, 괜찮은 음식점도 몇 군데 있다는 걸 알고 있었다. 툭하면 바람을 쐬러 다니던 데였다. 여름만 되면 남편은 그 동네 단골 음식점에서 장어구이와 쏘가리매운탕을 먹는 걸 즐겼다. 남편의 유일한 취미가 식도락이었다. 남편이 나를 앞서 저세상으로 간 지 금년이 20년째가 된다. 1년 남짓한 투병 생활이 허사로 끝나고 임종의 날이 얼마 안 남았을 때도 남편은 마지막으로 그 동네 그 집에 가고 싶어 했다. 그는 혼자 걷기도 어려울 때였지만 우리는 그게 마지막 소풍이란 걸 알고 있었기 때문에 식구들이 총동원해서 짐짓 명랑하게, 그러나 속으로는 목이 메는 심정으로 그 매운탕집엘 갔다. 그 집은 뜰이 넓은 조선 기와집이고 주인아주머니는 쪽을 찐 구식 부인이었다. 남편은 그 노부인이 손수 만들었다는 밑반찬을 고루 맛보면서 다 맛있다고 칭찬을 하고 남은 건 싸달라고까지 했다. 그리고 흐르는 강가에서 바람을 쐬면서 어린 손자가 뛰노는 모습과 젊은 아들과 사위가 강물에 물수제비를 뜨는 걸 구경했다. 그때는 보이는 모든 것이 왜 그리도 아름다웠던지. 젊은 내 새끼들의 옷깃과 검은 머리칼을 나부끼게 하는 바람조차도 어디 멀고 신비한 곳으로부터 그 애들이 특별히 아름답게 보이라고 불어온 특별한 바람처럼 느꼈으니까. 아마도 나는 그때 곧 세상을 하직할 남편의 눈으로 그 모든 것을 보았을 것이다.

그 후 며칠 안 있다 남편은 이 세상을 떴다. 남편이 세상을 뜨고 나서 1년도 채 안 됐을 때, 내가 혼자된 슬픔을 잘 극복하지 못하고 힘들게 사는 걸 보다 못한 어떤 친구가 나를 위로한답시고 그 집에 데려간 적이 있다. 여전히 쪽 찐 아주머니가 손수 반찬을 만들고 숯불에 장어를 굽고 있었다. 나는 그 아주머니가 내 남편의 안부를 물을까 봐 속으로 전전긍긍했지만 그런 일 없이 그냥 넘어갔다. 그래도 장어를 먹을 생각은 조금도 나지 않았다. 그 굽는 냄새도 싫었다. 친구의 호의를 무시할 수 없어 조금 먹는 시늉만 했는데도 토할 것 같은 걸 참느라 진땀을 흘렸고 결국은 얹힌 게 오래갔다.

그리고 20년 동안 가지 않던 동네로 K 교수가 접어들었고 정확하게 그 기와집으로 가는 게 아닌가. K 교수에게 그 집에 얽힌 옛날 얘기를 한 적도 없으니 순전히 우연의 일치였다. 쪽 찐 아주머니는 보이지 않았고, 마당의 후박나무와 은행나무는 몰라보게 큰 거목이 되어 있었다. 음식점과 찻집도 많아져서 예전 같지 않았지만 강바람만은 예전 그대로 상쾌했다. K 교수는 내 의견은 묻지도 않고 이 집은 장어구이와 쏘가리탕이 일품이라고 그걸 시켰다. 나는 혹시 그걸 먹을 수 없으면 어쩔까 걱정했는데 그 두 가지가 차례로 나오자 건강한 식욕을 느꼈고, 그 옛날 남편이 그랬던 것처럼 달게 먹었다. 그리고 남편을 떠나보낸 고통이 순하게 치유된 자신을 느꼈다.

　시간이 나를 치유해준 것이다. 이 나이까지 살아오면서 깨달은 소중한 체험이 있다면 그건 시간이 해결 못할 악운도 재앙도 없다는 것이다. 그렇다면 신神의 다른 이름이 아닐까.

내 식의
귀향

　　　친정 쪽은 휴전선 이북이고, 시댁 쪽은 대
대로 서울에서도 사대문 안을 벗어나서 살아본 적이 없
다는 걸 은근히 으스대는 서울 토박이라 명절이 돼도 돌
아갈 곳이 마땅치 않다.

　금년엔 좀 덜했지만 추석 때마다 전국의 도로란 도로
가 엄청나게 정체하는 광경을 텔레비전으로 보면서 '돌
아갈 곳이 없어서 얼마나 다행인가' 마음으로부터 그렇
게 생각했고, 아이들한테까지 그것으로 생색을 내곤 했
다. 마치 집 없는 거지가 남의 집 불타는 걸 고소하게 구
경하면서 제 자식들에게 "너희들은 집이 없어 불날 걱

정 안 해도 좋으니 얼마나 좋으냐. 다 애비 덕인 줄 알아라" 했다는 옛날이야기 속의 거지 아범처럼 말이다.

마당에서 한때 하늘을 뒤덮을 듯이 무성하던 나무들이 작은 바람에도 우수수 잎을 떨어뜨리고 있다. 흙에서 난 것들이 그 근원으로 돌아가고 싶어 하는 건 아무도 못 말린다. 사람도 설령 나고 자란 데가 흙을 밟을 수 있는 시골이 아니라 해도 추석이 되면 조상의 묘나 집안 내의 연로한 어른들을 찾아뵙고 눈도장이든 몸도장이든 찍고 와야 사람 사는 도리를 다한 것처럼 편안해진다.

이제 많이 살아 친·인척 간에 제일 연장자가 됐으니 가만히 앉아서 자식들이나 손자들을 맞을 입장이 됐다고 해도, 도리를 못다 한 것 같은 아쉬움이 어찌 없겠는가. 아니, 그건 도리가 아니라 그리움일 것이다. 저 지는 잎들이 어찌 섭리만으로 저리도 황홀하고 표표하게 몸을 날릴 수 있겠는가.

이 세상에 섬길 어른이 없어졌다는 건 이승에서 가장 처량해진 나이이다. 만추晩秋처럼. 돌아갈 고향이 없는 쓸쓸함, 내 정수리를 지그시 눌러줄 웃어른이 없다는 허전함 때문이었을까. 예년에는 한 번 가던 추석 성묘를

올해는 두 번 다녀왔다.

한 번은 벌초를 겸해 대가족을 이끌고 다녀왔고, 며칠 있다 왠지 혼자 가고 싶었지만 차 없이 갈 수 없는 곳이라 운전자만 데리고 갔다. 남편과 아들이 잠들어 있는 천주교 공원묘지이다.

왜 혼자 오고 싶었는지 알 것 같았다. 그들이 먼저 간지 여러 해가 지났건만, 갈 때마다 가슴이 에이는 듯 아프던 데가 이상하게 정답게 느껴지면서 깊은 위안을 받았다.

지대가 높아 전망이 좋은데도 산꼭대기가 아니고 골짜기라 우리 동네처럼 아늑한 것도 마음에 들었고 규격화된 작은 비석도 마음에 들었다. 비석엔 내 이름도 생년월일과 함께 새겨져 있다. 다만 몰歿한 날짜만 빠져 있다. 나의 사후死後 내 자식들은 큰 비석이나 아름다운 비명을 위해 고심하지 않아도 될 것이다.

여긴 어떤 무덤도 잘난 척하거나 돋보이려고 허황된 장식을 하지 않는 평등한 공동묘지이다. 그래도 우리들 것보다 조금만 더 큰 봉분과 비석을 가진 김수환 추기경님의 묘소가 멀지 않은 곳에 있는 것도 저승의 큰 '빽'

이다.

다만 차도에서 묘지까지 내려가는 길이 가파른 것이 걱정스럽다. 운구하다가 관을 놓쳐 굴러떨어지면, 혹시 저 늙은이가 살아날까 봐 조문객들이 혼비백산한다면, 그건 아마 이 세상에 대한 나의 마지막 농담이 되겠지. 실없는 농담 말고 후대에 남길 행적이 뭐가 있겠는가.

10여 년 전 고 정주영 회장이 소 떼를 몰고 최초로 휴전선을 넘어 고향을 방문한 적이 있다. 나는 그 역사적인 장관에 크게 감동했지만 될 수 있으면 흥분하지 않으려고 애쓰면서 다음과 같은 글을 쓴 적이 있다.

정 회장은 정 회장답게 고향에 갔지만 나는 내 식으로 고향에 가고 싶다. 완행열차를 타고 개성역에 내리고 싶다. 나 홀로 고개를 넘고, 넓은 벌을 쉬엄쉬엄 걷다가 운수 좋으면 지나가는 달구지라도 얻어 타고 싶다.

아무의 환영도, 주목도 받지 않고 초라하지도 유난스럽지도 않게 표표히 동구 밖을 들어서고 싶다. 계절은 어느 계절이어도 상관없지만 일몰 무렵이었으면 참 좋겠다.

　내 주름살의 깊은 골짜기로 산산함 대신 우수가 흐르고, 달라지고 퇴락한 사물들을 잔인하게 드러내던 광채가 사라지면서 사물들과 부드럽게 화해하는 시간, 나도 내 인생의 허무와 다소곳이 화해하고 싶다.

　내 기억 속의 모든 것들이 허무하게 사라져버렸다 해도 어느 조촐한 툇마루, 깨끗하게 늙은 노인의 얼굴에서 내 어릴 적 동무들의 이름을 되살려낼 수 있으면 나는 족하리라.

　그분이 철통같은 분단의 장벽을 뚫고 낸 물꼬는 마침내 금강산 관광 개성 관광까지 이어졌고 나도 금강산 관광까지는 다녀왔지만 개성 관광엔 저항을 느꼈다. 어떻게 고작 6~7킬로미터 밖에 선영이 있는 고향 마을을 놔두고 개성 구경을 할 수 있겠는가. 그래서 개성 관광을 제안받았을 때 나 홀로 경로 이탈을 해서 고향 마을 박적골에 다녀오고 싶다는 소원을 말해봤지만 이루어지지 않았다.

　돌이켜보면 내가 살아낸 세상은 연륜으로도, 머리로도, 사랑으로도, 상식으로도 이해 못 할 것 천지였다.

때로는 죽음도
희망이 된다

죽음이 없다면

우리가 어찌 살았다 할 것인가.

죽음에 대해 심각하게 그리고 매일매일 지속적으로
생각하게 된 것은 5년 전 아들을 앞세우고 나서부터이
다. 그전까지는 사람은 다 죽으니까 나도 언젠가는 죽겠
지 하는 것 이상으로 죽음에 대해 생각해보지 않았다.
나는 안 죽을지도 모른다는 생각이 든 적도 있었다. 어
렸을 때 나도 설마 늙을까 싶었던 것과 비슷한, 삶에 대
한 일종의 응석이었다.

아들의 죽음
◇◇◇◇◇◇◇◇◇◇◇◇◇◇◇◇

아들을 잃자 따라 죽고 싶었다. 정말 살고 싶지 않았고, 죽을 방법도 도처에 널려 있었다. 아파트에 사니까 베란다에서 뛰어내리기만 해도 실패 없이 죽을 수가 있었다. 그러나 무서워서 못 했다. 아무리 생각해도 생명에 대한 애착이 손톱만큼도 없는 게 확실하건만 스스로 목숨을 끊는 것도 용기인지 팔자인지, 죽는 게 무섭다는 것과 생명에 대한 애착하고는 어떻게 다른지 아직도 잘 모르겠다. 스스로 목숨을 끊을 만큼 모질지 못하다는 걸 깨달은 다음에 내가 절실하게 바란 건 슬픔을 참지 못해 서서히 저절로 죽어지는 거였다. 그것만은 가망이 있었다. 아무것도 먹을 수가 없어 기력이 쇠진하고 마음속에 아무런 뜻이 없으니 곧 죽게 되겠거니 속으로 묘한 희열을 느끼면서 기다렸다.

그러나 그것도 여의치 않았다. 석 달도 안 된 어느 날 느닷없이 밥 짓는 냄새가 구수하게 코에 와 닿았다. 살 의욕이 없이 어떻게 식욕이 생겨날 수가 있는지, 나는 짐승 같은 나의 육체에 모멸감을 느꼈지만 결국은 식욕에 굴복하고 말았다.

인간의 목숨이란 이렇게 치사하다. 참척의 고통은 인간이 질 수 있는 고통의 무게의 극한이다. 정말로 죽고 싶었던 것도 죽음만이 그 고통을 벗어날 수 있는 유일한 출구였기 때문이다. 그게 여의치 않자 그다음엔 저절로 죽어지려니 했던 것도 그 고통의 무게에 압사당하지 않고 견딜 수 있을 만큼 나를 강하게 보지 않았기 때문이다. 그러나 신은 각자가 질 수 있는 것 이상의 고통은 결코 주지 않는다는 말은 역시 맞는 말이었다. 아직도 이렇게 살아 있으니 말이다. 죽지 못해 사는 게 아니라, 먹을 거 다 먹고, 새 옷도 사 입고, 남은 자식들의 작은 효도에 웃고, 조금만 섭섭하게 굴어도 삐치면서, 하고 싶은 소리 다 하고, 꽃 피면 즐겁고, 손자들 보면 대견하니 사람 할 짓은 다 하고 살고 있지 않은가? 때때로 이렇게 잘 살고 있는 나를 남처럼 바라보며 처연해지곤 한다.

잠자듯, 소풍에서 돌아오듯

　그러나 아직도 죽음은 나에게 희망이다. 그 못할 노릇을 겪고 나서 한참 힘들 때, 특히 아침나절이 고통스러웠다. 하루를 살아낼 일이 아득하여 숨이 찼다. 그러나 저녁에 잠자리에 들 때는 하루를 살아낸 만큼 내 아들과 가까워졌다는 생각 때문에 그렇게 흐뭇할 수가 없었다. 저만치 어디선가 기다리고 있을 죽음과 내 아들과의 동일시 때문에 죽음을 생각하면 요새도 가슴이 설렌다. 가톨릭 신자지만 사후 세계에 대한 확신은 없다. 그러나 죽음의 문턱을 내 아들의 마중을 받으면서 넘으리라는 건 확실하게 믿고 있다. 그다음에 우리가 살아낸 부조리한 인생에 대한 해답으로서의 사후 세계가 있다면 더욱 좋겠지만, 없다고 해도 하루를 열심히 살아낸 후의 단잠 같은 휴식은 있을 게 아닌가. 또한 육신이 흙이 되어 풀이나 들꽃으로 피어나고 가장 비천한 땅속 벌레의 살이 될 생각을 하는 것도 황홀하다.

　그렇다고 나는 죽음이 조금도 안 무섭다고 말한다면 거짓말이 될 것 같다. 육신의 고통을 심하게 받다 죽는 사람을 보면 앞으로 죽을 일이 무서워진다. 더 참을 수 없는 것은 선하고 열심히 산 사람도 고통스럽고 험하게 죽는 경우가 허다하다는 사실이다. 하여 내가 기도 끝에 빠트리지 않는 간청은, 남들이 아깝다 할 나이에, 이 세상 사람이 보기엔 잠자듯, 저세상에서 보기엔 소풍에서 돌아오듯 그렇게 선종(임종 시 성사를 받아서 죄가 거의 없는 상태로 죽는다는 가톨릭 언어 – 편집자 주)하게 해달라는 소리이다. 하느님 들으시기엔 큰 부자나 절대 권력자가 되게 해달라는 기도보다 훨씬 외람되고 욕심 사나운 소리로 들릴 것을 알면서도 그렇게 응석을 부려본다.

그러나 너무 고통받다 죽는 것보다 더 무서운 죽음도 있다. 노망들어 아무것도 모르다가 죽는 것이다. 요새는 어쩐 일인지 죽기 전에 노망이 드는 노인네가 많다. 아마 수명의 인위적인 연장 때문에 정신은 천수를 다했는데 육신은 살아 있어서 그런 현상이 생기지 않나 싶다. 평소의 인격과는 정반대의 성격을 나타내거나 유아기로 돌아가 가족들이나 친지를 힘들고 황당하게 만든다. 웬만한 사람은 다 아이들을 사랑하고 특히 제 자식은 똥도 예뻐한다. 그러나 제 부모가 어린애가 되어버린 걸

감당할 수 있는 사람은 흔치 않다. 똥이라도 싸게 되면 그 노인이 자신의 똥까지 예뻐하면서 길러준 부모라는 걸 부정하고 싶도록 정이 떨어진다. 그야말로 부모 자식 간의 최악의 파국이다. 그런 죽음은 육신의 고통을 모면할 수 있다고 해도 육신의 고통과 바꾸고 싶지 않을 만큼 그게 훨씬 더 무섭다.

이 세상을 움직이는 원동력

그러나 가장 무서운 것은 안 죽는 것이다. 이 세상에 안 죽는 사람은 없다지만 너무 안 죽고 오래 살아 혈육이나 친구 중 자기보다 젊은 사람이 죽는 걸 보아야 하는, 순서가 바뀐 죽음처럼 무서운 건 없다. 한 번 겪어보아 그 고통이 얼마나 무섭다는 걸 알기 때문에 오래 살면 행여 또 그런 일을 당할까 봐 그래서 어서 죽고 싶은 것이다. 사람이 나이 순서대로 죽게 되어 있다면 세상에 무슨 걱정이 있을까도 싶지만, 그렇게 되면 산다는 것이 죽음 앞에 늘어선 무력하고 긴 줄서기하고 무엇이 다를까. 오늘 살 줄만 알고 내일 죽을 줄 모르는 인간의 한계성이야말로 이 세상을 움직이는 원동력이다. 만약 인간이 안 죽게 창조됐다고 가정하면 생명의 존엄성은 물론 인간으로 하여금 사는 보람을 느끼게 하는 모든 창조적인 노력도 있을 필요가 없게 된다. 자식을 창조할 필요도 없다면 사랑의 기쁨인들 있었으랴. 추醜가 없으면 미美도 없듯이, 슬픔이 있으니까 기쁨이 있듯이, 죽음이 없다면 우리가 어찌 살았다 할 것인가.

　때로는 나에게 죽음도 희망이 되는 것은 희망이 없이는 살아 있다 할 수 없기 때문이다.

마음
붙일 곳

　　　　교외의 무슨 '가든' 자가 붙은 음식점에서
였다. 다녀 나오는 길에 담 밑에 버려진 듯이 핀 채송화
를 보자 반색을 하고 꿇어 엎드려 씨를 받았다. 채송화
는 우리 집 마당에도 지천으로 피어 있는데 뭣하러 또
씨를 받느냐고 딸이 물었다. "야, 이건 옛날 채송화잖
냐? 보렴." 나는 여린 빛깔로 조그맣게 핀 채송화를 눈
으로 애무하며, 작은 고깔 속에 다부지게 담긴, 꼭 파리
똥만 한 씨를 조심조심 손바닥에 털었다. "우리 엄마는
아마 옛날이란 소리를 하루에도 스무 번은 더 하시는 것
같아요." 딸이 같이 간 일행에게 웃으면서 말했다. 간접

적인 핀잔같이도, 육친에 대한 연민같이도 들렸다. 내가 그랬던가? 순간 시간이 정지한 것처럼 아득해졌다.

어떤 때는 작년 일도 옛날이라고 말한 적이 있다. 맛있는 건 덮어놓고 다 옛날 맛이라 하고, 사람도 좀 진국이거나 예의 바르다 싶으면 나이에 상관없이 그 사람 옛날 사람이라고 말해버린다. 일전에는 백화점에서 이것저것 입을 만한 옷이 없나 기웃거리는데 매장 아가씨가 앵두색 윗도리를 어깨에 걸쳐주면서 입어보라고 했다. 나는 나 같은 옛날 사람이 그걸 어떻게 입느냐고 손사레를 치면서 돌아섰다. 할머니나 노인 소리는 듣기 싫어하면서 옛날 사람이라니, 옛날 사람이면 늙은이보다도 더 오래된 사람이 아닌가. 나는 현란하게 흥청대는 첨단의 소비문화 한가운데서 미아가 된 것처럼 우두망찰했다. 그때 그 미아의 느낌은 공간적인 게 아니라 시간적인 거여서 어딜 봐도 귀로나 출구가 보이지 않는 막막하고 절망적인 것이었다.

파출부한테 잔소리를 할 때도 먹다 남은 고기나 생선, 소시지 따위는 지딱지딱 버리지 않는다고 야단을 치고, 우거지나 시어빠진 무청은 왜 버렸냐고 야단을 친다. 무만 잘라 먹고 남은 총각김치의 무청을 차곡차곡 모아두면 나중엔 표면에 골마지(물기가 많은 음식 표면에 생기는 곰팡이와 비슷한 물질 – 편집자 주)가 낀다. 그걸 바락 바락 물에 빨아 우려내고 나서 멸치나 몇 개 들어뜨리고 지진 된장찌개가 그렇게 맛있을 수 없다. 그래서 나는 그걸 물에 행굴 때 단 한 오라기라도 떠내려갈까 봐 안 달을 한다. 그래서 아줌마는 나한테 할머니는 우거지라 면 치를 떤다고 흉을 본다. 아무리 헹구어도 남아 있는 곰삭은 시간의 맛, 절대로 인공적으로는 만들 수 없는 그 맛은, 아무하고도 나눌 수 없는 고독의 맛이기도 하 다. 아무하고도 그 맛의 밑바닥, 궁핍했던 시절이 내 혀 끝에 남긴 맛의 오지만은 나눌 수가 없다. 그래서 나는 그 보잘것없는 것을 아귀아귀 포식하고 나면 슬프다.

옛날 꽃에 집착증을 보인 것은 이곳 아치울로 이사를 하고 나서이다. 아치울 집으로 아주 이사하기 전, 오두 막을 한 채 사놓고 작업실 삼아 가끔 드나들기만 할 때, 나는 어디엔가 아치울 마을이 마음에 든 까닭을 고향 마 을과 닮았기 때문이라고 쓴 적이 있다. 딱히 고향 마을 이라고 그러지 말 걸 그랬다. 산이 많은 우리나라는 대개 산이 아늑하게 감싼 골짜기나 산기슭에 마을이 생기고, 그 조붓한 평지가 두 팔 벌린 산세와 함께 흘러내려 넓은 벌이 된 곳에 마을 인구를 먹여 살릴 만한 논밭이 있고, 벌 끝에는 냇물이 흐르게 마련이다. 내가 이 세상에 처음으로 던져진 박적골도 그런 전형적인 농촌이었고 아치울도 그러했다. 아마 그렇다고 여기고 싶었을 것이다. 아치울에서 바라본 넓은 벌 동쪽 끝으로 흐르는 한강을 박적골의 앞벌을 흐르는 냇물처럼 여겼으니까. 박적골 냇물은 보통 때는 마을에서 잘 안 보이다가도 장마가 지면 내 가슴까지 차오르는 느낌으로 부풀어 오르곤 했다. 그러나 여름이면 개구리 울음 낭자하던 아치울 앞벌은 택지가 되어 하루가 다르게 새 집이 들어서고, 유장하게 흐르던 한강도 집들에 가려 시야가 좁아지면서 호수처럼 보인다. 아치울이 그렇게 발랑 까진 후에 이사를 했기 때문에 도대체 뭘 찾아 먹으러 이 나이에 이 마을까지 흘러들어 온 것일까 문득문득 남의 일처럼 딱해질 때가 있다. 내 나이란 더는 이사 같은 건 하지 말아야 할 나이 아니던가. 이사 와서 가장 먼저 한 것은 분꽃, 과꽃, 봉숭아, 백일홍, 한령, 꽈리, 옥잠화 따위 내 유년의 뜰의 촌스러운 화초를 사다 심거나 씨를 얻어다 뿌리는 일이었다.

내 유년의 뜰은 정확하게 말하면 안채 뒤에 있는 뒤란이었다. 거긴 내 차지였고, 사랑에서 내다볼 수 있는 앞마당은 할아버지 거였다. 할아버지 마당가엔 모란이 몇 포기 있을 뿐 전체가 맨숭맨숭한 흙바닥이었다. 나는 한 번도 할아버지가 당신 손으로 마당을 쓰는 것을 본 적이 없지만 마당에 선명하게 싸리 빗자루 자국이 나 있지 않으면 여래 마당도 안 쓸었다고 호령을 했다. 이렇게 할아버지 마당은 억압적이었지만 내 뒤란은 아늑하고도 거칠 것이 없었다. 한겨울만 빼고는 늘 꽃이 피고 졌다. 뒤란에 피는 꽃들은 아무도 씨 뿌리거나 가꾸지 않아도 저절로 아무렇게나 피는 꽃들이었고, 나는 한 번도 그것들이 예쁘다고 생각해본 적이 없었다. 그것들은 우연히 던져진 환경의 일부였고, 더 좋은 세상도 더 나쁜 세상도 상상할 수 없는 충족된 나의 온 세상이었다. 그것들이 어김없이 알려주는 시간이나 계절의 순환에도 나는 그다지 놀라워한 것 같지 않다. 하지만 박적골 집에서의 평화와 자연의 순환은 분명히 꿈과 상상력이 되어 내 유년의 아직 연약하고 순결한 뇌에 입력됐으리라 믿는다. 행이나 불행이란 잣대로는 잴 수 없는 내 유년기의 완벽한 평화는, 그러나 언제고 거길 떠날 수밖에 없다는 상실의 예감에서 비롯된 것이 아니었을까. 마치 요람 속의 평화처럼. 나는 누가 가르쳐주지 않아도 집안 분위기로 봐서 언제고 거길 떠나 대처로 나가야 한다는 걸 알고 있었다. 대처로 끌려 나가 초등학교 교육을 받으면서 줄창 열등생 노릇밖에 할 수 없었던 것도, 너 공부 못하면 시골로 쫓아 보낸다는 엄마의 위협 때문이었는지도 모르겠다. 그때 나는 엄마가 나를 대처로부터 추방해주길 얼마나 바랐던가. 그러나 다 커버린 아이가 아무리 어린 양을 해봤댔자 요람으로 돌아갈 수는 없다. 막연하게나마 사람 사는 이치에 대해 그 정도의 문리가 트고부터 조금씩 공부에 취미를 붙이게 되었다.

아치울 마당의 꽃들도 첫해만 씨를 뿌렸고, 그 이듬해부터는 내 유년의 뒤란에 아무렇게나 피던 꽃들처럼 그 자리에서 저절로 돋아나게 되었다. 그러나 이름만 같을 뿐 옛날 꽃하고는 많이 다르다는 게 조금씩 눈에 거슬리기 시작했다. 옛날 꽃들은 다 수수한 홑겹이었는데 요새는 채송화도 백일홍도 한련도 다 겹으로 피고, 송이도 크고 빛깔도 현란하다. 옛날보다 더 보기 좋게 종자가 개량된 것 같은데, 내 소원은 화려하거나 신기한 것이 아니라 마음 붙일 수 있는 꽃이다. 내 마음은 너무 오래 정처 없이 떠돌았다. 나도 임의로 할 수 없던 내 마음이 언제부터인가 유턴을 해서 시발점으로 돌아가려 한다는 걸 요즈음 생생하게 느끼고 있다. 나는 이 집에서 평화롭게 소멸하고 싶다. 내가 재현하고 싶은 건 옛날 꽃이 아니라 어린 날 맛본, 폭 파묻혀 단잠에 들고 싶은 요람 같은 평화다. 이 정도의 평화도 감지덕지 그저 고맙기만 한 것은 아마 결별의 예감 때문일 터이다. 이왕이면 내 인생의 결말이 해피엔드였으면 한다. 분꽃이나 채송화 따위 그 속절없는 것들의 소멸이 슬플 것도 드라마틱할 것도 없는 자연스러운 해피엔드이듯이. 그런데 떠날 준비가 정을 떼는 게 아니라, 마음 붙일 것들을 조금씩 늘려가는 것이라니. 나는 옛날 채송화를 만난 걸 좋아라, 씨를 받으며 스스로를 나보다도 훨씬 나이 많은 남 바라보듯 하염없이 바라보았다.

이렇게 해서 내 유년의 뒤란에 있던 꽃들을 거의 다

복원해놓고 아침에 눈만 뜨면 가장 먼저 그들과 눈 맞
추러 마당으로 나간다. 우리 집 마당이 내 어린 날의 뒤
란을 닮은 것은 꽃의 종류에서가 아니라, 씨 떨어진 자
리가 저 있을 자리려니, 그것들이 그냥 아무렇지도 않게
피고 지는 것에서이다. 아무도 그 소박한 것들을 예쁘다
고 칭찬해주지 않는다. 그래도 우리 마당 꽃들은 기죽지
않고 열심히 저 생긴 대로 핀다.

　우리 동네는 큰 부자 없이 다들 고만고만하게 살아
정원사가 손질해야 할 만큼 잘 꾸민 마당을 가진 집도
없다. 그러나 멋쟁이는 많이 살아 '모네의 정원'을 가진
집도 있다. 프랑스에 관광 가서 모네의 시골집에 들른
사람이 거기서 파는 '모네의 정원'이란 꽃씨 봉지를 사
다가 선물했다는 것이다. 봄에 그 씨를 뿌리고 발아를
기다리는 동안 나도 덩달아 기대감에 부풀었다. 6월 초
던가, 그 모네의 정원에서 온갖 꽃이 피어나 절정에 달
했을 때는 정말 황홀했다. 나는 우리 집에 온 손님까지
그 댁으로 데려가 자랑을 시키곤 했다. 세련되고도 현란
한 색의 어우러짐이 마치 모네의 팔레트를 확대해놓은
것 같았다. 꽃들의 모양이 섬세하고 연약하고 부드러운

것도 프랑스의 레이스나 사紗를 연상시켰다. 그러나 내년에 그 씨를 나누어 받을 생각은 없다. 그건 보고 찬탄할 화원이지 마음 붙일 꽃밭은 아니기 때문이다.

내가 될 수 있는 대로 미소微小하고 속절없는 것들한테 마음 붙이려 드는 것은, 떠날 때가 되면 미련 없이 떠날 수 있기를 소망해서가 아닐까. 이렇듯 나름대로 마음의 준비를 하고 있다고 믿건만, 그러나 역시 죽음은 무섭다. 사랑하는 사람을 먼저 보내고 따라 죽고 싶어 몸부림치던 때가 엊그저께 같건만 따라 죽고 싶은 비통과 절망의 극치가 순간적으로 아무것도 아닌 게 되어버릴 것을 생각하면 인생에 대해 참을 수 없는 배반감을 느낀다. 어찌 고통뿐이랴, 내 마음속에 영원처럼 각인된 사랑의 순간, 그것 때문에 태어난 양 믿어 의심치 않던 삶의 비의도 결국은 소멸하는 것과 운명을 같이하게 될 것을 어떻게 순순히 받아들일 수 있겠는가.

죽는 것은 몸일 뿐 영혼은 사후 세계에서 다 만날 수 있다고들 하지만 그것도 그다지 위로가 되지 않는다. 먼저 간 사람과 같은 곳으로 간다는 건 아마 틀림없을 것이다. 그곳이 허虛든 무無든 신의 섭리든 간에, 그곳으로 비상을 하든지, 추락을 하든지, 빨려들든지 할 것이다.
설사 그 순간에 우레와 같은 깨달음이나 쾌감이 예비되
어 있다고 해도, 느낀 것을 기억하고 표현할 수 있는 육
신이 없는 대오 각성이 무슨 소용이란 말인가. 죽음이
무서운 것은 기억의 집인 육신이 소멸한다는 절대로 변
경될 수 없는 사실 때문이고, 내가 육신에 집착하는 것
은 영혼이 있다는 것을 못 믿어서가 아니다. 영혼이 있
으면 뭐 하나, 육신이 없는데 내가 사랑하는 사람을 무
슨 수로 알아보나 싶어서이다. 육신에 대한 찬탄 없는
첫사랑의 기쁨을 말한다면 그는 새빨간 거짓말쟁이다.
서로 끌리고 사랑하여 결혼한 남자에 대해 내가 그 사람
에게 첫눈에 반한 건 근육질의 몸이 아니라 관대하고 따
뜻한 마음 때문이었노라고 말할 수는 얼마든지 있다. 그
러나 그 눈빛, 그 미소가 아니었다면 그런 좋은 심성이
무슨 수로 겉으로 나타날 수 있었겠는가. 눈빛도 미소도
육신에 속한 게 아니던가. 내 속으로 난 자식도 마찬가
지다. 그의 몸이 생겨날 때 나는 게울 것 같은 이물감을
가졌고, 점점 부풀어 심장까지 차오르자 도저히 참을 수
가 없어 죽을힘을 다해 내 몸으로부터 떼어냈다. 내 몸

의 진액을 짜내어도 짜내어도 고 작은 것은 허기져했고, 날마다 포동포동 살이 찌는 내 새끼를 내 손으로 씻기면서 날로 굳세고 아름다워지는 몸을 보면서 느낀 사랑의 기쁨을 무엇에 비길까.

그런 내 새끼 중의 하나가 봄의 절정처럼 가장 아름다운 시기에 이 세상에서 돌연 사라졌다. 그런 일을 당하고도 미치지 않고 견딜 수 있었던 것은, 나도 곧 뒤따라가게 될 테고, 가면 만날 걸, 하는 희망 때문이었다. 만나서 제일 먼저 하고 싶은 건 포옹도 오열도 아니다. 때려주고 싶다. 요놈, 요 나쁜 놈, 뭐가 급해서 에미를 앞질러 갔냐, 응? 그렇게 나무라면서 내 손바닥으로 그의 종아리를 철썩철썩 때려주고 싶다. 내 손바닥만 아프고 그는 조금도 안 아파하고 싱글댈 것이다. 나는 내 손바닥의 아픔으로 그의 청동 기둥 같은 종아리를 확인하고 싶다. 나는 내 새끼들을 때려 기르지 않았다고 생각하지만 심하게 때린 기억이 몇 번 있다. 밖에 나가 놀고 있으려니 한 아이가 끼니때가 지나도 돌아오지 않고, 동네방네 찾아 나서보니 동무들은 다 집에 있는데 그 애만 안 보인다. 해는 져서 어둡고 온갖 방정맞은 생각으로 마음속이 지옥이 되어 있을 때, 그 애의 모습이 저만치 보인다. 실루엣만으로 확실하게 알아볼 수 있는 게 바로 피붙이의 징그러움이다. 달려가 어딜 싸돌아다니다가 이제 오냐고 다짜고짜 때리기부터 한다. 내 손바닥의 아픔으로 내 새끼의 존재를 확인해야만 비로소 타들어가던 애간장이 스르르 녹게 된다. 저세상에서 내 새끼와 다시 만날 때도 그러고 싶은 것이다. 상상만으로도 엑스터시 상태를 경험한다. 그러나 최고의 엑스터시도 육신을 통하지 않고는 이룰 수 없는 걸 어이하리.

　육신의 한계의 속절없음을 아직도 승복 못 하는 일흔이란 나이는 그래서 누추할 수밖에 없다. 몸은 늙어도 마음은 마냥 꼬장꼬장할 줄 알았는데 그것도 어느 틈에 허물어져 있는 자신을 발견하곤 한다. 65세 이상의 노인이 전철을 거저 탈 수 있게 된 것은 저세상으로 먼저 간 남편의 나이 육십을 전후해서였을 것이다. 그때 나는 그것 때문에 남편하고 몇 번 옥신각신한 적이 있다. 당신은 65세가 되어도 절대로 전철을 거저 타지 말라고, 난 그 꼴 못 본다고, 어떤 때는 공연히 핏대까지 올리곤 했다. 응, 응, 건성으로 대답하는 남편이 영 미덥지가 못

해서였다. 그는 구두쇠니까 옳다구나 거저 탈 게 뻔한데
도 왜 그렇게 그의 명확한 답변을 들으려고 안달을 했는
지 모른다. 결국은 실패하고 말았지만 운전 교습소에서
쿠폰을 끊어다 놓고 그에게 운전을 가르치려고 시도해
본 적도 있다. 응, 응, 건성으로 대답한 줄 알았는데 그는
약속을 지켰다. 그는 64세에 저세상으로 갔다.

그가 간 후 나 혼자서 전철을 거저 탈 수 있는 나이가
되었다. 나는 당연히 거저 타지 않았다. 전철을 거저 타
는 노인을 무시하는 마음에서가 아니라 그런 제도는 수
입이 없어진 노년층을 위해 국가에서 할 수 있는 복지
제도니까 65세 이후에도 수입이 있으면 자기가 알아서
표를 사는 게 옳다고 생각했다. 그리고 옳다고 생각하는
대로 행했다. 나로서는 그것이 조금도 잘난 척이라고 생
각 안 하는데도 친구들하고 같이 어디 갈 때 혼자서 잘
난 척하는 것처럼 보일까 봐 좀 신경이 쓰이긴 했다. 그
럴 땐 주민등록증을 안 가지고 왔다는 식으로 얼버무리
곤 했다. 한번은 동행한 내 친구가 나한테 물어보지도
않고 창구로 가더니 "노인표 두 장만 주슈" 해서 내 것
까지 받아주는 거였다. 주민등록증 없이 그래도 되냐고

물었더니 이 백발 이상의 '쯩'이 어딨냐고 으스댔다. 그
친구는 좀 일찍 머리가 센 편이었다. 보통 때 같으면 뻔
뻔스러워 보일 친구의 그런 태도가 당당해서 보기 좋았
다. 내 마음속에서 서서히 공짜 표를 탈 준비운동이 일
어나고 있다는 증거였다. 70세가 되고 나서였고, 일일
이 표 사기가 번거로워 만 원짜리 표를 사서 쓰는데 그
게 자꾸 고장을 일으켜 속상할 때였다. 몇 번 안 쓴 표가
넣은 구멍으로 되돌아 나오면서 창구에 가보라고 한다.
창구에서 바꿔주는 역도 있지만, 사무실까지 가야 할 때
도 있다. 왜 그렇게 자주 표가 못 쓰게 되느냐고 항의했
더니 핸드백에 자석이 달렸을 거라고 했다. 전철표는 자
석을 싫어하는 걸 알고 주머니에 넣고 다니기 시작했는
데 옷을 갈아입을 때마다 표 챙기기도 쉬운 일이 아니었
다. 주머니마다 뒤져서 표가 안 찾아진 날, 에라 모르겠
다 창구에다 주민등록증을 내밀었다. 돈 내고 사는 표하
고 빛깔이 다른 공짜 표가 나왔다. 이렇게 쉬운 것을, 신
기했다. 그러면서 누가 뒤에서 나를 보고 있는 것 같아
돌아다보았다. 아무도 없었다. 그러나 어디선가 남편이
빙그레, 약간은 짓궂게 웃으며 지켜보고 있다는 걸 분명

하게 느꼈다. 그럴 때 눈으로 보고 만질 수 있는 육신은 그다지 중요하지 않다. 느낌이 실제보다 더 확실해지는 나이, 때로는 망령하고 노닐 수도 있을 것처럼 육신은 아무것도 아니게 가벼워지면서 자유의 경지 같은 게 예감처럼 다가오는 나이가 바로 70대가 아닐까.

마당엔 나무도 몇 그루 있는데 화초하고는 달리 내 유년기의 나무는 살구나무밖에 없다. 박적골 집의 살구나무는 담장 밖 뒷간으로 가는 길모퉁이에 서 있었다. 지금 우리 집 살구나무는 담장 안 서쪽 모퉁이에 서 있다. 담장 밖 시냇가에 황금 갑옷을 입은 듯 장엄하게 물들었던 은행나무가 엊그저께 아침에 보니 마지막 잎새도 안 남기고 황량하게 옷을 벗어던져 내가 본 찬란한 영광이 꿈인 듯 허전하더니, 살구나무는 천천히 질 모양이다. 바람이 불 때마다 뚝뚝 떨어지는 낙엽은 은행나무처럼 찬란하지 않은 소박한 누런색이지만, 가지 끝의 잎들은 부끄럼 타듯이 살짝 붉다. 저 고운 빛깔을 무엇에 비할까, 혼자 보기 아까워하면서 바라보고 있는데 딸애가 푸듯이 말했다. 엄마, 저 살구나무 가장귀 좀 봐요. 꼭 봉숭아 꽃물 든 손가락을 뻗쳐 들고 있는 것 같잖아

요. 아아, 그래 바로 그 빛깔이었구나. 딸의 표현은 절묘
했고, 나는 감동했다. 누가 왜 사느냐고 물으면 그 맛에
산다고 해도 될 것 같다.

그때 가
가을이었으면

노염老炎이 복더위보다 기승스럽다. 어서 찬바람이 났으면 싶다가도 연탄 생각을 하면 우울해진다. 나는 오늘 우리 연탄광에 남아 있는 연탄을 아이들과 함께 세어보았다. 구구셈과 덧셈을 어렵게 해서 계산해낸 재고량은 345장, 앞으로 자그마치 1,655장을 더 확보해야 겨울을 날 수 있다. 낮아진 열량을 생각한다면 2,000장쯤 더 있어야 할지도 모르겠다.

연탄 장수 아저씨하고 어떻게 잘 통해놓으면, 그만한 연탄을 확보해놓을 수 있을까. 내가 가을과 함께 골몰하는 생각은 고작 이런 구질구질한 생각이다.

  내가 순수한 감동으로 받아들일 수 없는 건 가을뿐이
아니다. 여름이 무르익어 아이들의 방학이 시작되자 나
는 곧 아이들의 머릿수와 바캉스 비용을 암산하느라 머
릿속이 뒤죽박죽이 되어야 했고, 계절마다 이런 사연은
반드시 따라다닌다.

  그렇다고 내가 내 생활의 톱니바퀴와 각박하게 엇물
려놓은 게 어찌 계절뿐일까. 사람과의 관계 또한 그렇
다. 연전에 남편이 개복 수술을 받은 적이 있다. 나는 대
기실에서 가슴을 죄며 수술이 무사하게 끝나기를 빌었
지만 암만해도 방정맞은 생각을 떨쳐버릴 수가 없었다.
만약 잘못된다면? 이런 가정하에 내가 생각할 수 있는
건 남편을 잃은 아내로서의 순수한 고독이나 비탄이 아
니라 나 혼자서 여러 애들하고 뭘 먹고, 뭘로 공부시키
고, 어떻게 사나 하는 생각이었다. 사람의 생각이 투명
하게 밖으로 내비치지 않는다는 건, 사람과 사람의 관계
에 있어서 얼마나 큰 축복일까.

  계절의 변화에 신선한 감동으로 반응하고, 남자를 이
해관계 없이 무분별하게 사랑하고 할 수 있는 앳된 시절
을 어른들은 흔히 철이 없다고 걱정하려고 든다. 아아,

철없는 시절을 죽기 전에 다시 한번 가질 수는 없는 것일까.

소설이나 영화 같은 데는 자주 불치의 병에 걸린 주인공이 나온다. 의사와 가족만 알고 주인공은 자기의 시한부 인생을 전연 눈치채지 못한다. 가족들은 주인공을 감쪽같이 속이면서 남은 몇 달은 어떡하든 더 행복하게 해주려고 갖은 애를 쓴다. 이 대목이 바로 눈물을 노리는 대목이다. 그러나 나는 이 대목이 싫다.

나도 너무 늙기 전에 그런 병에 걸려 죽고 싶지만 이왕이면 내 생명이 몇 달 남았다는 선고를 나 혼자서 내가 직접 듣고 싶다. 가족들에겐 알리지 않겠다. 가족이 먼저 알고 나를 속게 하고 싶지도 않다. 마지막으로 그 소중한 몇 달을 가족들의 기만과 동정이라는 최악의 대우 속에서 보내고 싶진 않다.

나는 내 마지막 몇 달을 철없고 앳된 시절의 감동과 사랑으로 장식하고 싶다. 아름다운 것에 이해관계 없는 순수한 찬탄을 보내고 싶다. 그렇다고 아름다운 것을 찾아 여기저기 허둥대며 돌아다니지는 않을 것이다. 한꺼

번에 많은 아름다운 것을 봐두려고 생각하면 그건 이미
탐욕이다. 탐욕은 추하다.

　내 둘레에서 소리 없이 일어나는 계절의 변화, 내 창窓
이 허락해주는 한 조각의 하늘, 한 폭의 저녁놀, 먼 산
빛, 이런 것들을 순수한 기쁨으로 바라보며 영혼 깊숙이
새겨두고 싶다. 그리고 남편을 사랑하고 싶다. 가족들의
생활비를 벌어 오는 사람으로서도 아니고, 아이들의 아
버지로서도 아니고, 그냥 남자로서 사랑하고 싶다. 태초
의 남녀 같은 사랑을 나누고 싶다.

　이런 찬란한 시간이 과연 내 생애에서 허락될까. 허
락된다면 그때는 언제쯤일까. 10년 후쯤이 될까, 20년
후쯤이 될까, 몇 년 후라도 좋으니 그때가 가을이었으면
싶다. 가을과 함께 곱게 쇠진하고 싶다.

✳

예사로운 아름다움도 어느 시기와 만나면
깜짝 놀랄 빼어남으로 빛날 수 있다는 신기한 발견을
올해의 행운으로 꼽으며, 안녕.

1931.10.20 - 2011.01.22
박완서